"冰菓"系列①

(日)米泽穗信/著
Honobu Yonezawa
方宁/译

CNS | 湖南美术出版社

冰菓
The niece of time

一

来自贝拿勒斯的信

折木 奉太郎：

展信佳。

我目前人在贝拿勒斯。虽然日本人基本上是把这个地方的名字写作贝拿勒斯，不过我觉得另外一个名字——瓦拉纳西要更接近于当地人的发音。

奉太郎，这个地方很不得了哦。可谓是葬礼之都，也就是说这里频繁地举办丧礼。据说在这里死去就能上天堂哦。又好像不太对……对了对了，应该是能够脱离轮回转世，这就表示与修炼成仙是有相同效果的。在中国必须经历漫长的修行才能办到的事情，在这里只要“双脚一蹬”就OK了。

中国人知道后估计会感到很无奈吧。

忘记祝贺你了，恭喜你考上高中。结果还是神山高中啊，真是无趣的选择。不过总之是恭喜你了。

对于平安无事成为高中生的你，姐姐有一个建议。

那就是加入古籍研究社。

古籍研究社在神山高中是历史悠久的文艺类社团哦。另外，我不清楚你是否已经知晓，那也是我曾经所属的社团。

听说我们这个历史悠久的古籍研究社已经连续三年没有新进社员，现在的社员人数是零。如果今年依旧没有新社员加入的话，那么就会自动被废社。作为古籍研究社的前社员，实在不忍心见到如此惨淡的结局。

不过，只要四月内能有新社员加入就另当别论了。奉太郎，去保护姐姐的青春舞台——古籍研究社吧。总之去挂个名就可以了。

而且，那个社团也不坏哦。特别是秋季，别有一番风味。

反正你也没有什么想做的事情吧?

到了新德里我会给你打电话的。

折木供惠 谨上

二　历史悠久的古籍研究社之重生

说到高中生活就会想到玫瑰色，说到玫瑰色就会想到高中生活，两者之间形成了相互呼应的关系。尽管在公元2000年的现在还没有相关动静，不过我想不久的将来这组对应关系应该会被载入《广辞苑》的吧。

但是，这并不代表所有高中生都渴望着玫瑰色的生活。比如说，有些人对于学习、运动、恋爱等等耗费精力的事情了无兴趣——这种只喜欢灰色生活的人也是存在的。在我的所知范围内，这样的人并不少。当然，这确实是相当寂寞的人生观。

夕阳西下之时，我在教室里对老朋友福部里志阐述了这样的想法。听完之后，里志面带一如既往的微笑，说道：

“我也这样觉得。话说，我还真不知道奉太郎你原来有自虐倾向哦。”

这话可不能听过就算，我对此进行了抗议。

“你的意思是我喜欢灰色？”

“怎么说呢，学习、运动还有什么来着？恋爱是吧？我可不认为奉太郎你对待这些事情很积极哦。”

“但是我也并不消极吧。”

里志的笑意更浓了。

“奉太郎你只是奉行‘节能主义’而已吧。”

我哼了一声对此表示肯定。知道就好，我并不是讨厌释放活力。

只不过是觉得很麻烦、很浪费时间精力，所以对于那些事情没有太大的兴趣。优待地球环境的“节能主义”正是我的行为模式，口号就是——

“如果可以不去做的话，那就不做。实在非做不可的话，那就尽快解决。”

在我公布个人信条的时候，里志不置可否地耸了耸肩膀。

“节能主义也好，厌世也好，两者并没有太大区别吧。你知道工具主义吗？”

“不清楚。”

“总而言之，没有什么特别的兴趣，在这所社团活动丰富多彩的神山高中也没有参加任何社团，从结果来看这样的奉太郎完完全全就是灰色的。”

我微微地打了个哈欠。

“那么按照这个理论，杀人和工作时的过失致死也是一样的吗？”

里志毫不犹豫地回答我的提问：

“从某个方面来说，是的。如果尸体能够接受过失致死这个说法并且成佛的话，那就另当别论了。”

“……”

这家伙还真是能言善辩。我重新打量了一下眼前这个男生：福部里志，我的老朋友兼好对手，同时也是仇敌。作为一个男生来说，里志的个头不算高，尽管都已经是高中生了，远远望去还是容易被误认为女生。不过他的内在完全异于外表，眼睛与嘴角时时刻刻带着笑意，总是提着一个束口袋，而且能言善辩——这些都是他的注册商标。参加的社团是手工艺社，不过加入的理由我就不清楚了。

和这家伙争论只会浪费时间，我摆了摆手表示要结束这个话题。

“算了，你快点回去吧。”

“也是，今天没什么心情去社团……干脆就这样回去好了。”

里志正准备起身，突然诧异地看向了我。

“你在催促我回去？这还真少见啊。”

“什么意思？”

“奉太郎你平时早就自顾自走了吧，根本没可能对我说‘快回去’这样的话。没有参加社团的你在放学后的现在还有什么事情要做吗？”

“是啊。”

我皱起眉头，从制服的右口袋拿出了一张纸，然后默默地递给里志。看到那张纸，里志惊愕地瞪大了眼睛。这不是什么夸张手法，尽管并没有非常吃惊，但里志确确实实瞪大了眼睛。他偶尔表现出来的夸张反应也算是小有名气。

“这莫非是！这怎么可能啊！”

“里志，你太没礼貌了。”

“这不是传说中的入社申请书吗？吓死我了，太阳从西边升起来了吗，奉太郎你居然会加入社团！”

这确实是入社申请书。里志看了看“申请参加的社团”一栏，皱起了眉头。

“古籍研究社？”

“你知道啊？”

“那当然了。不过，为什么奉太郎你要加入古籍研究社？难道是突然对国学的兴趣觉醒了？”

这要怎么解释才好呢？我下意识地挠了挠头。然后，从左口袋拿出了另一张纸。那是一张信纸，上面写着与写信人个性完全不符的秀丽字体。我将那张纸也递给了里志。

“你自己看吧。”

里志接过信纸看完，然后不出所料地笑出声来了。

“哈哈，奉太郎，这还真是伤脑筋啊。原来是姐姐的请求啊，那确实是无法拒绝。”

为什么这么开心啊。我很清楚自己的表情与他完全相反，正在变得越来越不痛快。今天早上从印度飘然而至的国际信件，逼迫着我要稍微改变一下自己的生活方式。每次都是这样，折木供惠的信总是会打乱我的生活。

“奉太郎，去保护姐姐的青春舞台——古籍研究社吧。”

早上拆开信封看完这封简短的信，就被这自私自利的内容给吓到了。我没有义务去守护姐姐的回忆，但是……

“你姐姐的特技是什么来着，柔术吗？”

“是合气道和擒拿术。只要她愿意，完全可以让一个人痛不欲生。”

没错，我那个光是跑遍日本还不够，进而进军世界的姐姐，是个文武双全的超级女大学生。如果碰触到她的逆鳞，那后果可是不堪设想。

虽然尽可能拼上自己仅有的自尊去违抗她也是可以的，不过老实说，我确实没有抵抗到底的理由。姐姐的那句“反正你也没有什么想做的事情”可谓是正中靶心。归宅社社员和幽灵社员，我觉得两者差别也不大。所以，我并没有想象中的那么犹豫——

“我今天早上就递交了申请书。”

“真是让人意想不到啊。”

里志盯着姐姐的信说道。我不禁叹了口气。

“不过，应该是无法从中得到什么好处的。”

“……不，我可不这样认为哦。”

里志抬起视线，发出了异常开朗的声音。他用手掌轻轻地拍打了一下信纸。

“古籍研究社是没有社员的吧。那么，奉太郎你就可以独占古籍研究社的活动室呀。在学校里拥有私人空间那可是不可多得的好事哦。”

私人空间？

“……不要提出奇怪的观点来。”

“你不满意吗？”

真是不靠谱的论调。简而言之，里志的意思是我可以在学校里玩秘密基地游戏对吧，我完全没想到这一点。虽然不是想要努力争取的场所……不过作为附赠的话，收下也无所谓吧。我从里志手中把信拿了回来。

“嗯，不算坏，就去看看好了。”

“这样才对，凡事都要试过才知道。”

凡事都要试过才知道吗？这句话也太不适合我了。我一边苦笑，一边拎起了自己的斜挎包。

看来我对自己的信条也就只有这么点忠诚心而已。

不知道是田径社还是其他什么社团的吆喝声从敞开的窗户传了进来。

“……加油！加油！加油……”

这种消耗大量能量的生活方式让我不禁想要脱帽致敬。虽然容易会被误会，但我并没有觉得节能主义要优于其他生活方式，所以也不会去嘲笑那些充满活力的人。我一边听着他们的声音，一边朝着古籍研究社的活动室进发。

爬上三楼，在铺瓷砖的走廊上前进。由于正好有个扛着大型梯凳的勤务员经过，我就顺便向他打听古籍研究社活动室的所在，得知是在特别大楼的四楼，沿用了以前的地学教室。

神山高中无论是在学生数量还是占地面积方面，都不算是大型学校。

学生总数大概是一千人，姑且算是这一带的升学学校，不过感觉不到校方在升学方面倾注多少心力，说穿了还是所普通的高中。

与不算多的学生总数相比，奇奇怪怪的社团（比方说水墨画社、无伴奏合唱社，还有古籍研究社等等）倒是有不少，每年文化祭的盛况在这个地区非常有名，不过除此之外就没有什么特色了。

校内有三栋大型建筑——普通教室所在的普通大楼、特别教室所在的特别大楼，以及体育馆。这也很普通吧？还有就是武术道场和体育器材室之类的，同样不值得大书特书。古籍研究社活动室所在的特别大楼四楼在神山高中算是最偏僻的地带了。

走路实在是太浪费精力了——我一边这样想，一边走过了连接两栋大楼的通道，爬到了四楼，很快就找到了地学教室。我不假思索地拉了一下横向滑动门，门纹丝不动。理所当然的事情，特别教室一般都是上了锁的。我将为了节省时间而事先借来的钥匙插进钥匙孔，转动了一下。

我拉开解锁了的门。无人的地学教室，通过面向西方的窗户能够看到夕阳。

无人？不对，我发现自己的预想被推翻了。

在暮色笼罩的地学教室——也就是古籍研究社的活动室里，已经有人在了。

那个人站在教室的窗边，看向了我。是一个女生。

在此之前，我一直把握不好“楚楚动人”“清纯可人”这类词汇的具体形象，但是在这个瞬间，我顿时明白了这些词汇是用来形容这个女生的。她黑发披肩，气质与身上的水手服非常相配。个子在女生里面算是比较高了的，应该比里志还要高一些吧。她既是女生又是高中生，所以自然是“女高中生”了，不过薄薄的嘴唇和细腻的气质让人想要赋予她“女学生”这个古老的头衔。唯一不符合整体印象的是她那双大眼睛，只有那个部分无法简单用“清纯可人”来形容，给人留下了活泼的印象。

我不认识这个女生。

但是，她却看着我，面带微笑地说道：

“你好。原来你是古籍研究社的社员啊，折木同学。”

“……你是谁？”

我坦率地问道。我虽然自认在人际交往方面不算出众，但是也没有薄情寡义到看到熟人的脸还会认不出来的程度。我明明不认识这名女生，为什么她会认识我呢？

“你不认识我吗？我叫千反田，千反田爱瑠。”

千反田爱瑠。就算她自报家门了，我还是一头雾水。千反田是很少见的姓，爱瑠这个名字也同样少见。如果认识的话，不管怎样我都不可能忘记这样的名字吧。

我再次仔细地打量了一下这位名叫千反田的女学生，在确认自己果然不认识她之后，说道：

“抱歉，我完全没有头绪。”

听到我这么说，她有些伤脑筋地歪了歪小脑袋，脸上依旧带着微笑。

“你是折木同学吧？折木奉太郎同学，一年B班的。”

我点了点头。

“我是一年A班的。”

千反田沉默了，就像是在暗示“这下你总该想起来了吧”一样……我的记性有这么差劲吗?

等等，这不对啊，我是B班她是A班，没理由一定要互相认识吧。

即使是同学，班级不同的话在学校里就几乎不会有交流。只有通过社团活动、学生会活动，或者是朋友介绍，才有机会互相接触，但是无论哪一项都与我无缘。虽然还有校内活动这个可能性，不过入学以来的校内活动也就只有入学典礼而已了，我可不记得有谁在入学典礼上自我介绍过。

啊，不对，我想起来了，上课时也有和其他班级交流的机会。为了使用学校的公用设备，有时候会几个班级一同上课的，比如说体育课和艺术选修课。我初中时还有工艺课会用到公用设施，不过神山高中姑且算是标榜自己是升学学校，所以没有这类课程。而体育课则是男女分开上，那么也就是说——

“莫非我们一起上过音乐课？”

“是的，没错！”

千反田用力地点了点头。

尽管是自己开口说出来的，但我却不禁愣住了。为了我微薄的名誉，我要事先声明，从入学以来我只上过一次艺术选修课，这么短的时间叫我怎么能记住同学的长相和名字啊!

话虽如此，这个名叫千反田的女学生却做到了，证明这并非完全不可能做到的事情……但我还是要说，这家伙的观察力和记忆力也太可怕了吧。

话说回来，这世上本来就存在着所谓的偶然。比如说，即使看的是同一份报纸，每个人对内容的把握也不尽相同。因此，也有可能只是我与她的注意点不一样而已。想到这里，我重新打起了精神。

“那么，千反田同学。请问你在地学教室做什么呢？”

对于我的提问，她马上做出回答：

“我加入了古籍研究社，所以就想来看一下。”

加入了古籍研究社——也就是说她是新社员。希望大家能够体察下我此刻的心情：既然这个女学生加入了古籍研究社，那么就代表我的私人空间获得计划落空了，同时老姐想要保住社团的愿望也达成了。这样一来，我就没有非加入古籍研究社不可的理由了。我在内心里叹了一口气……真是白跑一趟了。不过，也许是出于不愿徒劳无功的想法吧，我询问道：

“你为什么要加入古籍研究社啊？”

说不定我的语气里包含了“这种社团根本不值得参加”这样的话外之音。不过，她完全没有注意到就是了。

“嗯，我是出于个人原因。”

而且也没有正面回答我。千反田爱瑠，这家伙搞不好是个不可掉以轻心的人物。

“折木同学你呢？”

“我吗？”

伤脑筋了，我要怎么解释才好呢？说是老姐的命令，她应该是很难理解的吧。不过仔细想想，我也不需要获得他人的理解。就在我这样想着的时候——

门突然被打开，有人大吼着闯了进来。

“你们在这里做什么啊！”

我看了过去，发现来人是一位老师。估计是在进行放学后的巡视吧。从结实的身材与黝黑的肌肤看来，应该是一位体育老师。虽然他的手上没有拿着竹刀，不过我觉得如果学校允许的话，那么他肯定是会拿在手里的。明明早就过了人生中精力最旺盛的时期，吼声却依旧气势十足。

听到突如其来的吼声，千反田一瞬间吓得缩起身子，全身僵硬了，不过她马上就恢复了镇静的微笑。然后，她向那位老师问候道：

“您好，森下老师。”

那个鞠躬无论是速度还是角度都完美无缺。看到千反田那符合礼仪但不合场面的态度，我不禁露出了一丝笑意。这招先声夺人让那位森下老师一瞬间不知该说什么才好，不过不一会就恢复了大吼大叫的气势。

“我还在想为什么门没有锁，原来是你们擅自跑进来了。把你们的班级和名字告诉我。”

……啧，居然说“擅自”啊。

“我是一年B班的折木奉太郎。请问老师，这里既然是古籍研究社的活动室，那么古籍研究社的社员难道不能在这里进行社团活动吗？”

“社？”

森下老师的口吻明显充满了怀疑。

“古籍研究社不是废社了吗？”

“我也不清楚，不过至少今天早上是没有废社的。如果不信的话，您可以去找顾问老师……”

“是大出老师。”

“是的，您去找大出老师确认一下就好了。”

在得到千反田准确的援护后，我做出了准确的说明。森下老师的音量急剧降低了。

“哦，这样啊。那么你们就好好活动吧。”

“我们今天才刚认识呢。”

“回去的时候记得把钥匙还了。”

“好的。”

森下老师又盯着我们看了好一会儿，然后有些粗暴地关上了门。重重的巨响让千反田再次缩起了身子，接着缓缓地轻声说道：

“声音……”

“嗯？”

“声音真大啊，这位老师。”

我笑了。

那么，这里已经没我什么事了。

“好了，既然互相都见面认识了，那也该回家了吧。”

“咦，不进行社团活动吗？”

“只是我准备回去了而已。”

我重新背好没放什么东西的斜挎包，转身背对着千反田。

“关门就麻烦你了。再被刚才那位骂那就不好玩了。”

“咦。”

我就这样走出了地学教室。

不对，是正准备离开，但是却被千反田尖锐的声音给叫住了。

“请等一下！”

我转过头去，看到千反田就像是被告知了非常难以置信的事情一样，露出了惊愕的表情。

“我没办法锁门的。”

“为什么？”

“因为我没有钥匙呀。”

哦，对哦，钥匙还在我身上。外借的钥匙不可能有好几把。我从口袋里拿出钥匙，钩在指尖上。

“这样啊，那么你……不好意思，就麻烦千反田同学你了。”

千反田没有回答。她目不转睛地盯着挂在我指尖上晃来晃去的钥匙，表现出一脸疑惑的样子。“为什么折木同学会有钥匙啊？”

这是什么白痴问题啊。

“没有钥匙的话，那怎么进得了上锁的教室啊。咦？说起来你……不好意思，千反田同学你是怎么进入这个房间的？”

“因为门没有锁。我以为里面有人，就没有去借钥匙。”

原来如此。如果没有毕业生专门写信告知的话，一般人是不会知道古典社是没有社员的空头社团。

“这样啊。不过我来的时候，门还是锁着的。”

我不经意地说道，却不想这句话带来了意想不到的效果。千反田的目光顿时变得无比锐利，不知道是不是我的错觉，感觉她的瞳孔都放大了。千反田不顾愕然的我，缓缓地询问道：

“折木同学你来的时候，那边的门是锁着的吗？”

尽管我对这位清纯女学生的变化感到相当困惑，不过还是点了点头。千反田不知是有心还是无意，向前踏出一步问道：

“也就是说，我被关在这个教室里面了，对吧？”

棒球社击球的清脆声响在这里也清晰可闻。这个房间对我来说已经是毫无价值，但是千反田却似乎很想再继续聊一会。我轻轻地叹了口气，决定妥协，提着斜挎包坐到了旁边的桌子上。被关在教室里面了——千反田是这样说的。确实如此吗？我稍微思考了一下。钥匙在我手上，千反田在室内，但是我并没有把门锁上，那么答案很简单了。

“是你自己在内侧把门锁上了。”

但是千反田摇了摇头，很干脆地表示了否定。

“我没有这样做。”

“钥匙就在这里，除了你以外还有谁能够锁门啊？”

“……”

“不用在意，会忘记自己做过什么也是蛮常见的事情。”

但是千反田没有回应我的解释，而是突然抬起手指向我的身后。

“话说，那是你的朋友吗？”

我转过头去，发现黑色的立领在微微打开的门缝间若隐若现。对于那双总是带着笑意的褐色眼睛，我可是很有印象的，于是立刻大喊道：

“里志！偷听也太恶趣味了吧！”

门被打开，不出所料站在那里的人正是福部里志。那家伙丝毫不以为意，厚着脸皮说道：

“哎呀，抱歉，我不是故意要偷听的。”

“即使你不是故意的，从结果来看都是一样的。”

“别这么说嘛。铁石心肠的奉太郎临近黄昏在学校的特别教室与女孩子独处，就算不是我也同样是会犹豫要不要推门而入的。我可不想被马踢啊（注：日本有一句‘打扰别人恋情会被马踢’的俗语）。”

这家伙在说什么鬼话。

“你不是回家了吗？”

“我本来是那么打算的。不过在楼下抬头仰望时，发现奉太郎在这个房间和女孩子在一起。仔细想想，我正好没当过偷窥狂，于是就……”

我将视线从里志身上移开，无视了他的话语。这是里志风格的玩笑。但是，由于里志的态度实在是太过自然，不熟悉他的人经常会把他的话当真。

而千反田似乎就是其中之一。

“呃，呃，我……”

刚才的冷静态度顿时消失无踪，慌张到甚至有点滑稽。人不可貌相，没想到这个女孩子的感情表现如此直接，那副想说什么却不知该怎么开口的惊慌模样，就好像用全身在表现“我现在很不知所措”一样。尽管作为旁观者来说是觉得挺有趣的，不过也没办法一直对她见死不救。所幸，要戳穿里志的玩笑是很简单的，只要问他一句话就好。

“你是认真的吗？”

“怎么可能，开玩笑的啦。”

一眼就能看出千反田从紧张中得到了解脱。里志的个人信条是“玩笑仅限于即兴，如果留下祸根的话那就变成谎言了”。

“……折木同学，请问这位是？”

那个笑话对她来说可能有些太过火了吧，千反田略带警戒心地询问道。介绍里志不需要多费唇舌，我简短地回答道：

“这家伙啊。这家伙是福部里志，是个冒牌雅士。”

“冒牌？”

对于这个无比贴切的介绍，里志也是心情大好。

“哈哈，奉太郎，介绍得好。初次见面，你是？”

“我是千反田，千反田爱瑠。”

听到千反田这个姓，里志做出了意外的反应。他少见地说不出话来了，我还是第一次看到口若悬河的里志张口结舌的样子。

“千，千反田同学？千反田是那个千反田吗？”

“唔，我不知道你问的是哪个千反田，不过我听说在神山只有我们一族是姓千反田的。”

“那么果然是这样啊。真是吓了我一跳。”

里志确实是非常震惊。看到这一幕，我感到非常惊讶，因为我知道他并不是容易大惊小怪的人。不过，我完全不明白到底是什么让里志如此吃惊。

“喂，里志，到底是怎么回事啊？”

“你居然问我是怎么回事?!奉太郎你真是吓死我了，虽然我知道你稍微有些缺乏常识，不过没想到你居然没有听过千反田家的名号啊！”

他非常夸张地摇着头，表现出了感慨万千的模样。不需多说，这种态度也是里志的玩笑。而且，我深知里志的无用知识有多渊博，所以我对于自己的无知一点都不觉得不快或羞耻。

“千反田同学的家有什么名堂吗？”

里志满意地点了点头，开始进行讲解。

“名门望族在神山并不少见，而‘进位四名门’更是赫赫有名。荒楠神社的十文字家、书香世家的百日红家、富农的千反田家、山林地主的万人桥家。因为这些家族姓氏中的数字各进一位，所以人称‘进位四名门’。能与这四个家族相提并论的，就只有经营医院的入须家和在教育界占据重要位置的远垣内家了。”

这个可疑到家的说明让我不禁愣住了。

“四名门？里志，你说的这些有几成是真的啊？”

“你真没礼貌，全部都是真的啊。我什么时候撒过谎了？”

当里志明言自己所言非虚的时候，那就代表确实是真的。不过，没想到这个时代还存在什么名门啊。里志做作地露出了伤心的表情，这时当事人千反田对他进行了援护。

“嗯，这些家族我全都听说过，虽然我不清楚算不算是名门。”

“唔，还真有啊。”

“不过，进位四名门这个说法我还是第一次听说。”

我狠狠地瞪了一眼里志，他却不以为意地耸了耸肩。

“我没有说谎哦。”

“是你自己编造的吗？”

“有时候我也会想当当提倡者的嘛。”

里志轻轻地拍了一下手，似乎是表示这个话题到此为止了。

“话说，奉太郎，你遇到了什么麻烦吗？”

我就知道他会这么问。反正故意隐瞒只会导致事情越来越复杂，所以我简单地说明了一下情况。

“天色变暗了呢。”千反田说着打开了教室的灯。

听完我的说明，里志双手交叉在胸前沉吟着。

“嚯，这还真是不可思议的事情啊。”

“哪里不可思议了？当成千反田忘记自己把门锁上不就好了。”

“不，非常不可思议啊。”

里志维持姿势不变，稍微停顿了一下。

“最近教育局对学校的管理要求越来越严格，可以说是没有止境。神山高中对教室的管理也是相当严格的。只要稍微观察一下就能注意到，除非有钥匙，否则神山高中的门全部都没办法从内侧开关锁的。这是为了防止学生关在教室里做什么可疑的事情。”

听到里志侃侃而谈，我产生了一个疑问。我很清楚里志无意义的知识库有多庞大，也明白他会为了求证而不辞辛劳，但是入学到现在仅仅过了一个月不到的时间，他对于学校的情况也太了解了吧？

“你为什么知道这么多？”

“嗯，这个嘛。我上周本来想做个小实验，结果溜进来后却发现没有可以从内侧上锁的教室，真是伤透脑筋了。”

“你知道吗？你想做的事情就是校方想要防止的‘可疑事情’哦。”

“是这样吗？也许吧。”

“就是的。”

我笑了，里志也笑了。目睹我们相视干笑的情景，千反田似乎稍微后退了几步。然后，沉默降临到了教室之中。我只好咳嗽了一下，将其打破。

“算了，上锁的事情可能只是有什么误会吧。天已经暗了，我要回去了。”

我正准备从桌子上起身，这时有人在身后用力地按住了我的肩膀——千反田不知不觉绕到了我的身后。

“请等一下。”

“干，干吗啊？”

“我很好奇。”

千反田的脸出乎意料的近，我不禁有些慌张。

“那又怎样？”

“我为什么会被锁在教室里呢？……如果不是有人想将我反锁的话，那我为什么能够进入这个教室呢？”

千反田的眼神中带有不允许随便回答的异样力量。被她的气势所压倒，我的声音变得不那么有底气了。

“所以说，那又怎样啊？”

“如果说是误会的话，那到底是发生了怎样的误会呢？”

“呃，这种事情我怎么……”

“我很好奇。”

千反田挺身逼近，我只好将身体往后仰。

我一开始是说千反田很清纯吗？那只是我的第一印象，是对外貌的描述，其实根本没这么简单。我醒悟了，最能体现出这家伙本性的就是她的眼睛，不符合整体印象的那双活泼的大眼睛——那双眼睛才是千反田爱瑠的本性。好奇——这一句话让进阶四名门的大小姐变成了好奇心旺盛的骄子。

“这究竟是为什么呢？折木同学，福部同学，请帮忙想一下吧。”

“为什么我要……”

“好像很有趣的样子啊。”

里志打断了我的话，将事情揽了下来。里志会这么做并不奇怪，但是……

“我没兴趣，我要回家了。”

就算知道了答案那又能怎样啊，根本就是浪费时间。没有必要的事情我是不会去做的。

但是，里志明明知道我的想法，却还是说：

“不，奉太郎你也来帮忙。虽然我也会尽自己所能，但是数据库是没办法得出结论的。”

“太愚蠢了，我……”

里志对话说到一半的我使了个眼色，我顺着他的视线看向了千反田。

“……呃。”

紧抿的嘴唇，紧紧抓住裙子的手，瞪人般的视线。我不由自主地向后退了半步。仅从震慑力来说，她完全不逊色于老姐。里志是在警告我，为了自身着想，还是顺着她比较好。

我交替着看了看千反田和里志，里志对我轻轻地点了点头。我决定老老实实地听从他的警告，不然的话，感觉会遭遇什么不幸的。

“……也是，似乎挺有趣的。我也来想一下吧。”

口气有点僵硬也是无可厚非的事情吧？不过听到我这么说，千反田的嘴角放松了一点。

“折木同学，你有什么线索吗？”

“你稍微等一下吧。奉太郎是个讨厌行动、主张先动脑的消极家伙。不过一旦这家伙开始思考，那还是相当可靠的。”

烦死了，又不是体力劳动才算是积极。

我在大脑里整理目前的情况。

千反田进入这个房间的时候，门是没锁的。而我来到这个房间前面的时候，门确确实实是锁着的。

如果里志说的没错，那么千反田无论如何都没办法在内侧锁门。但是，她会不会并非主动锁门，而是在无意之间造成了这个结果呢？比方说，千反田进入教室的时候门是处于半锁状态，进来后因为弹簧或者其他东西的作用，导致像自动锁一样锁上了。

我提出了这个想法。对此，千反田只是微微侧头，并没有立刻做出判断，但是里志却用嘲弄的语气说道：

“这是不可能的，奉太郎。神高的门锁在没有彻底打开或者锁好的状态下，是拔不出钥匙来的。”

是这样吗？

这样一来，就只能认为是有人蓄意上锁了。我问道：

“嗳，你还记得自己大概是什么时候进入这个房间的吗？”

千反田稍微思考了一会。

“只比折木同学早一点吧，大概三分钟前。”

三分钟。时间太短了，来不及的。毕竟这间地学教室在神高可是属于最边境的地带……看来这件事比想象中的要麻烦。就在我开始思索的时候，旁边的千反田突然冒失地大喊一声：

“啊！”

“怎么了啊，千反田同学？”

“对了，仔细想想就能马上知道上锁的人是谁了吧。”

“嚯，是谁啊？”

千反田面露喜色浮现出了微笑……怎么回事呢，我产生了不好的预感。接着这位大小姐转身对着我说道：

“是折木同学你，因为你有钥匙嘛。”

我就知道她会这么说。虽然我觉得干脆就用这个作为结论好了，不过千反田的话还有下文。

“唔，不过这种事情是可能的吗？这位叫折木的同学是值得信任的吗？”

……不要在本人面前说这种话啊。看到我无言以对，里志笑着说道：

“虽然我不知道他值不值得信任，不过我觉得奉太郎并没有将千反田同学你锁在房间里取乐的兴趣。因为这对他来说没有任何好处。”

正是如此。里志真了解我啊，我才不会去做对自己没有好处的事情。

这样一来，上锁的人自然就不是我了。

那么……

实在是想不明白啊。我轻轻地挠了挠头。

对啊，没有线索根本无从下手。不知为何，我心虚得像是在找借口似的说道：

“完全没有头绪，就没有什么线索吗？”

“线索吗？怎样的东西才能算是线索呢？”

千反田直接的反问让我不知该怎么回答才好。

“线索就是对调查有帮助的东西。”

这个解释说了跟没说一样，于是里志帮我进行了补充。

“就是和平时不一样的地方。有什么地方和平时不一样吗，千反田同学？”

“唔，说起来……”

还真有什么不同吗？我几乎没有在期待，不过千反田缓缓地环视地学教室，然后落定视线，慢慢地说道：

“我刚才听到脚底下传来咔嗒咔嗒的声音。”

声音？

有吗？我倒是没听见。

但是，如果她确实没听错的话。

……原来是这样啊。我多多少少了解情况了。里志把脸凑过来观察我的表情。

“奉太郎，你知道了什么吧？”

我无言地抓住斜挎包。

“你，你要到哪里去啊，折木同学？”

“场景的重现。运气好的话应该能够看到的。”

千反田慌忙跟了上来，里志想必也是紧随其后吧。

结束一切走出校门时已经相当晚了，可以看到棒球社的社员们正在整备操场。我不知为何还在与刚才已经道别的千反田和里志结伴同行。不对，是他们两人自己跟过来了而已。

千反田走到我的身边。

“差不多可以告诉我了吧，你是怎么知道答案的呢？”

在身后的里志也说道：

“是啊，奉太郎。我们之间不是没有秘密的吗？”

不要说得这么恶心。我头也不回地回答道：

“我并不是在装神秘，只是太过简单懒得说而已。”

“就算对于折木同学来说是很简单，但是我还没有理解啊。”

千反田撅起嘴说道。虽然进行说明是挺麻烦的事情，不过想要敷衍了事似乎会费更大的工夫。于是我背好斜挎包，思索着该从哪里开始讲起。

“这个嘛，有人用万能钥匙把千反田同学你锁在教室里了，明白了吗？”

对我来说，这只是说出了理所当然的结论，但是千反田却发出了震惊的声音。看来我必须从这里开始解释才行。

“咦，为什么会是这样啊？”

“因为地学教室是在校舍的边缘。假设有人用借来的钥匙把你锁在教室里，然后将钥匙还了回去。之后，我借了钥匙来到那个教室前面，打开了门。这段过程是不可能在三分钟内完成的。”

“哦，那就代表必须要有另外一把钥匙才行，但是外借的钥匙只有一把，所以才会推断出是用万能钥匙吗？”

正是如此。而且学生是没办法拿到万能钥匙的，这样一来事态就很清楚了。

另外还有一个让人推测出具体事态的决定性情报。

“还有，千反田同学你说了从地板下面传来声音对吧？”

“是的。”

“四楼的教室地板发出声响，一般来想会是怎样的情况？”

里志优哉游哉地回答道：

“是因为有人在捣弄三楼的天花板吗？”

“应该是这样。那么，就能推测出是谁在使用万能钥匙了。”

在放学后的教室里，有人在捣弄天花板，或者说是天花板上面的东西，那么就代表那个人是……

“不过还真亏你能想到啊。居然推测出是勤杂工。”

千反田频频点头。

我们刚才在三楼看到了抬着大型梯凳的勤杂工。他从某间教室里走出来，将梯凳放在地上，从口袋中取出了钥匙。然后，他当着我们的面依次把三楼的教室一一锁上。也就是说，他所做的事情是这样的——打开教室的门，在里面进行自己的工作。结束后就转移到下一个教室，重复同样的步骤。等到全部教室的工作都做完之后，就依序将门锁上。如果不巧正好有某个学生在这个过程中进入某间教室的话，那么就会被关在里面……就像千反田一样。

勤杂工的工作具体是什么，这我就不清楚了。不过他既然去了好几间教室，除了梯凳之外又没有拿其他大型工具，所以至少可以推测出不是换日光灯。可能是例行检查电灯启动器或者火灾警报器吧。这方面的事情就算不确定也无所谓，因为千反田并没有对此进行追问。

总之事情就这样解决了。

“看吧，只要他开始思考，就是相当可靠的家伙吧？”

“真的呢，实在是让我大吃一惊啊。”

我并不觉得自己做了多么了不起的事情。熟知钥匙管理规则的人是里志，听到楼下声响的人是千反田。我本想继续装傻充愣……算了，随便他们怎么想吧，总之是给我添了不少麻烦。看到千反田那双会说话的眼睛浮现出了坦率的佩服之情，我不禁想挖苦她一下。

“话说，为什么千反田同学你在教室内却没有听到锁门的声音呢？只有这点我实在是想不明白。”

不过千反田似乎并不认为这是挖苦或者是讽刺，微微一笑说道：

“关于这点我可以解释一下，我在看着窗外……对了，就是那栋建筑物。”

她指向路旁的一栋建筑物。那是神山高中的公用设施之一，武术道场。长久以来一直处于风吹雨淋之下，是一座到处斑驳的破烂木制建筑。我也效仿千反田，坦率地说出了自己的想法：

“看上去不像是会让你入迷的东西啊。”

“不，那栋建筑物相当不可思议的。”

“嚯。”

我看不出到底哪里不可思议了，不过里志却在后面喃喃地表示了同意。

“确实，它太老旧了，远甚于其他建筑。”

“嗯。”

是吗？说不定是这样吧。不过因为建筑物很老旧就被吸引了注意力，该说是风雅还是悠闲自在呢，总之是我无法理解的行动。

红灯挡住了去路，几名和我们一样正要回家的神高学生在等待绿灯亮起来。

“话说，我们还没有正式打过招呼呢。”

千反田缓缓地说道。

“打招呼？”

“嗯，我们今后会一起参加古籍研究社的活动嘛，请多多关照了。”

古籍研究社！对哦，我都忘记了。我是想看看古籍研究社的活动室长什么样才到那里去的。不过仔细想想，既然千反田加入古籍研究社了，那么我就不需要入社了……这都是结果论。入社申请书已经被受理并登记在案了。而且在神高，刚入社的一个月之内是无法退社的。

千反田轻轻地朝我行了一礼，然后微笑着对里志说：

“福部同学要不要也加入古籍研究社呢？”

里志双手交叉在胸前做出沉思的样子，不过马上就给出了回答。

“不错的主意啊。而且今天也挺有趣的。嗯，我也加入吧。”

“那么，也请福部同学多多关照了。”

“哪里哪里，我才是要让你多多关照呢……奉太郎也是。”

里志朝我投来揶揄的视线，说话的语气相当做作。

绿灯亮了，我快速地迈出脚步。插到口袋里的手碰触到了信纸，那是老姐的信。不出所料，在收到折木供惠的信时，我就预感到接下来的日子不会平静了。

老姐啊，你满足了吗？你的青春——古籍研究社现在有三名新社员了。历史悠久的古籍研究社得以复活。同时我想道：我的安宁与节能的日子恐怕要再见了，因为——

“对了，必须先把社长给定下来。怎么办呢？”

“这个嘛，奉太郎是完全不适合这类工作的。”

这帮家伙不会允许我继续节能吧。如果只是里志的话，那我还能想办法对付过去，但是最大的问题是……

视线对上了。千反田爱瑠的大眼睛在对我微笑。

这位大小姐才是最大的问题，我隐隐约约产生了这样的感觉。

三 光荣的古籍研究社之活动

话说，古籍研究社究竟是做什么的社团呢？这个学校已经没有对此有所了解的学生了，而我的好奇心也没有强烈到想去请教老师的程度。询问老姐的话估计能得到答案吧，但是很遗憾，她现在正在贝鲁特。算了，活动目的不明的社团虽然比较罕见，不过存在价值不明的团体要多少有多少，所以也无需太过在意吧。

古籍研究社复活已经过去了一个月的时间。作为活动室的地学教室尽管不能算是我的私人空间，不过还是在我心中确立了安逸场所的地位。放学后觉得无聊的话，就会跑到这里来。有时还能碰到里志或者千反田——也有同时碰到两个人的情况。不过就算没人也无所谓，我们有时候会聊聊天，有时候则是保持沉默。里志本来就是能够忍耐沉默的性格，至于千反田大小姐，只要好奇心没有爆发的话，就如外表所见是个清纯文静的女生。因此我觉得古籍研究社与其说是社团，倒不如说更有俱乐部的感觉（而且我也不打算去改变这种现状）。

而且我本来就并非特别讨厌与人来往，只要待在一起不会觉得很累那就无所谓了。对于这方面，里志至今仍对我有些误会。

下着小雨的这一天，只有我和千反田在活动室里。我将椅子拉到窗边，深深地倚靠在上面，优哉游哉地看着廉价的平装书。千反田则是占据了教室的前方，在看着某本比较厚的书。放学后的散漫时光就是这么回事吧。

不知不觉间，距离我刚才看时钟已经过去了三十分钟。不去特别注意的话，时光的流逝还真是相当快啊。话虽如此，如果用闲适或者放松之类的词语来形容现在的我，那绝对是错误的。正因为有紧张与压力的存在，才会诞生闲适或放松的状态，我只是在维持消耗能量比较少的状态而已。

沉默之中，只能听到翻页的声音与小雨的声音。

“……”

有点困了，雨停了就马上回家吧。

就在这时，“啪”地传来了书本被合上的声音。紧接着，背对着我的千反田轻轻地说道：

“真是沦落啊。”

尽管没有看着我，但那明显不是自言自语，而是在对我说话。然而，面对突如其来的话语，我完全不知道该说什么才好，所以姑且询问了一下：

“是说一年种两次的那个吗？”

“那叫轮种。”千反田铿锵有力地回答道，并转过头来，“一年种两次同样的农作物叫两茬。”

“真不愧是农家的女儿啊。”

“这并没到值得称赞的程度……”

沉默降临到我们身边，只有雨声依旧。

“不，我不是说这个。”

“沦落吗？”

“是的，沦落。”

“什么沦落了啊？”

千反田目不转睛地盯着我，然后用右手朝整间教室比了一圈。

“我是说放学后的这段时间，漫无目的的日子实在是毫无建树。”

那还用说吗？单纯地打发时间自然不会有任何建树。我连书都懒得合起来，抬眼将视线对准了她。

“所言甚是。那么，你对这个古籍研究社有什么追求吗？”

“我吗？”

这个提问相当坏心眼，因为很少有人知道自己到底在追求什么。顺便一提，我很清楚自己没有任何追求。

千反田没有丝毫犹豫。

“有的。”

“嚯。”

还真意外，居然断言说自己有。产生兴趣的我正准备询问具体是什么追求，不过在此之前——

“但那只是个人因素。”

她提前做出了回避，那么我也不需要多问了。

千反田的话语还在继续。

“我现在是在说古籍研究社本身。古籍研究社是一个社团，那么就必须要进行活动才行。”

“想法是不错，但是我们缺少活动的目的啊。”

“不，有的。”

千反田带着社长的权威与名门的威严，庄重地宣布道：

“在十月的文化祭上推出文集。”

文化祭？

之前也提过，神山高中的文化祭是小有名气的。再进一步补充的话，那就是这个地区年轻人的文化盛事。我听里志说，这个镇上潜心茶道的高中生都至少要参加一次神高文化祭的露天茶会，街舞比赛中还诞生了不少职业的伴舞选手。而文艺方面，虽然不清楚质量如何，不过我知道数量绝对是不容小觑的，老姐三年间从各个文艺社团拿到的文集足足装满了一个大纸板箱。

换句话说，那可谓是玫瑰色高中生活的结晶。至于我对此抱有怎样的感想，那还是不说比较好。我只能说一句，“确实是不同凡响的活动”。

不过，居然突然想要做文集？我思考了一下千反田的提议，提出了理所当然的疑问。

“千反田，文集一般来说是活动的结果，而不是目的吧？”

千反田缓缓地摇了摇头。

“不，如果将作为结果的文集当成目标的话，那么我们就有了以此为目标来创造结果的目的了。”

“……啥？”

“也就是说，将结果当成目标的话，那么就会以此为目标来创造结果吧。”

唔，我皱起了眉头。虽然我明白她想说什么，但是这根本就是套套逻辑（**注：指某些一般化得离谱，在任何情况下也不可能错误的“理论”**）吧？

而且为什么偏偏是文集啊？麻烦死了。不，我没制作过文集，所以没办法判断到底麻烦不麻烦，不过不去做没必要的事情那才是上上策。目的与活动随便搞一下就可以了，把劳力耗费在这种没有必要的活动上，那纯粹是浪费而已。

我合上平装书，放到了一旁。

“还是不要做文集了吧，太费工夫了。而且……对啊，只靠三个人也搞不出像样的东西来。”

但是，千反田却强硬地极力主张：

“不，必须做文集才行。”

“如果想参加文化祭的话，还有其他方法吧。比如说摆摊。”

“神高文化祭在传统上是禁止摆摊的。不，不管怎么说，没有文集是不行的。”

“……为什么啊？”

“因为文集的制作费被算在预算里面了，所以如果不做的话，似乎会很麻烦的。”

千反田从胸前口袋取出一张整整齐齐折成四折的纸，拿给我看。还真的是啊，古籍研究社本年度那聊胜于无的预算上面写着“文集制作费”。

“而且，大出老师也希望我们能推出文集。古籍研究社的文集具有三十年以上的传统，在我们这一代中断也不太好看。”

“……”

做事有条理的人基本上都很聪明。但是，这并不代表做事缺乏条理的人就很愚蠢。比如说，千反田不能算是愚蠢的人，但是做事绝对不能称之为有条理。如果她一开始就提出预算或传统的事情，然后定下活动目的，那不就大功告成了吗？因为我很清楚反抗预算名义与传统只会是徒劳无功。这样一来，我所能做的就只有苦笑而已了。

“知道了，知道了。让我们来做文集吧。”

于是，安宁的无目的生活简简单单地与我告别了。算了，这说不定算是健全的高中生活吧。

雨还在下。我心想既然还回不了家，就把该问的事情问一问吧。

“那么，那个文集是长什么样的啊？”

“什么叫长什么样？”

“就是说历年的文集都是怎样的内容。”

如果古籍研究社的文集每年都是《<南总里见八犬传>读破录》《<雨月物语>‘白峰’一章中的天皇观》《对前年考察<大镜>所示社会规范变迁的反驳》之类的话，那我们就必须做好相应的觉悟了。虽然我觉得可能性不太大，保险起见我要在此补充，我说的觉悟不是指要下定决心做出不逊色于以往的文集，而是下定决心干脆不做。总之知道所谓的传统到底具有怎样的倾向，这绝对不会是一件坏事。

然而，我得到的回答却是不明确的。

“不清楚啊。是怎样的内容呢？”

这也是理所当然的事情吧。千反田有模有样的社长做派总让我忘记她加入古籍研究社其实也才一个月。

“如果有旧刊的话，就能知道了吧。”

“应该有的吧。就是不知道在哪里。”

“比如说社团活动室之类的地方？”

原来如此。

我差点随声附和了，真丢脸。我用食指朝地板指了指。

“……喂，这里就是活动室啊。”

没错。

“由于不太有参加社团活动的感觉，我就忘记了……”

这也没错。

这间作为活动室的地学教室除了上课需要用到的东西外，就没有其他东西了。看到的仅有黑板和桌椅，顶多再加上放置打扫用具的柜子，是一间普普通通的教室，看不出哪里像是存放了文集。

“文集没有保管下来吗？”

“我觉得不太可能吧。”

“那么……是在图书室吗？”

这是合理的推断吧。我点了点头，于是千反田拿起自己的手提包，站了起来。

“去看看吧。”

然后还没等我回答，她就打开门走了出去。人不可貌相，真是个极具行动力的大小姐啊。算了，反正图书室是在前往楼梯口的途中，不算是绕远路。

啊，稍等一下。今天是周五吧，搞不好图书室的值日生是……

“咦，这不是折木吗？好久不见了，我真不想见到你啊。”

一进入图书室，毒舌就马上迎接我的到来。不出所料，坐镇在柜台里值班的小个子女生正是伊原摩耶花。

我和伊原是从小学就认识了的，而且还同班了九年，可谓是缘分匪浅。她从小就长相清秀，升上高中后，那张娃娃脸就只比以前稍微成熟了那么一点。稚嫩的脸庞与娇小的身躯给人留下可爱的印象，但是千万不能被这种表面现象给欺骗了，这其实是她的陷阱。伊原总是随身携带凶器，如果在她面前放松警惕的话，等待着你的就会是七彩的毒舌。就算是对八卦消息毫无兴趣的我，也听说过不少男生被她的容貌所吸引，结果却被彻底击沉的事迹。不过伊原对自己的错误也是一样严厉刻薄的，所以也有不少人觉得她尽管个性泼辣，但其实本性并不坏。

顺便一提，我根本就不相信那种风评。

我露出极度厌烦的表情说道：

“哟，我来见你了哦。”

“这里是知识的殿堂，不适合你这种人来。”

伊原跷着腿坐在柜台里面。由于本校的借阅手续都是学生自行办理，所以值班的图书委员几乎是没事可做，主要工作就只有将还回来的书放回到指定的书架上。还书箱里面已经堆了好几本书。不过伊原并不是会偷懒的人，估计她是准备累积到一定的数量再一口气搞定吧。她的手里拿着一本相当大的书，估计是在打发无聊时间。

图书室里的人比较多，十来张四人桌没一张是空着的。其中想必有酷爱读书的人，不过有些人恐怕只是觉得雨天回家太麻烦了，就到这里打发时间而已吧，我很能理解这种想法的。其中一名男生抬起头看向我们，那是一张熟悉的面孔。不是别人，正是福部里志。

里志一与我对上视线，便露出笑容站起身来。

“哟，奉太郎，还真是巧啊。”

然后那家伙交替着看了一下伊原和板着面孔的我。

“你们的关系还是那么好啊。真不愧是镝矢中学的最佳情侣。”

尽管我明白只会是白费唇舌，但还是对他说：

“别开玩笑了。”

一旁的伊原也平静地说道：

“与这种阴沉的男人交往，那我还不如选择蛞蝓算了。”

……居然拿我跟蛞蝓做比较啊。紧接着伊原又从容不迫地补充了一句：

“阿福，你明明知道我的心意，还能开出这种玩笑来啊。”

“啊，抱歉，摩耶花，你受伤了吗？”

“你总是这样不正经地装傻带过……真受不了你。”

她狠狠地瞪了里志一眼。里志将视线转移到我的身上，露出了苦笑。虽然我不清楚具体是从什么时候开始的，不过伊原一直在追求里志，而他则是处处躲闪。里志咳嗽了一声，岔开了话题。

“算了，别提这个了。话说，你们两位古籍研究社的社员到图书室来是有什么事啊？”

对了对了，我不是来看摩耶花的。我催促了一下千反田，于是因为突如其来的小插曲而哑口无言的大小姐战战兢兢地开口了：

“那，那个，图书委员你好，我可以请教你一个问题吗？”

“什么问题？尽管问吧。”

“请问图书室里收藏有社团的文集吗？”

“有的，就在那堵墙边的书架上。”

“有古籍研究社的吗？”

伊原歪着脑袋思索了一下。

“古籍研究社……不好意思，我没印象。麻烦你们自己找找看吧。”

千反田道了个谢，转身准备去寻找，不过却被里志制止了。

“没有的。我刚才碰巧看过那个书架了。摩耶花，如果不在那里的话，还有可能在哪里？”

“唔，既然书架上没有，那么可能是在书库吧。”

“书库啊。”

里志思考了一会，询问道：

“话说，千反田同学你为什么想要找文集？”

“因为我们决定在文化祭时推出文集，所以想看一下以前的文集。”

“嚯，在KANYA祭上推出啊。还真亏奉太郎会同意。”

与其说是同意，倒不如说是先斩后奏。而且千反田根本就不需要获得我的同意。

等等，他刚才说什么祭来着？

“里志，你刚才是说了文化祭吗？”

“没说，我说的是KANYA祭。你没听说过吗？这是神高文化祭的俗称。”

俗称就是那个吧，比如将上智大学的学园祭称为“苏菲亚祭”，将庆应大学的文化祭称为“三田祭”之类的吧。虽然不是什么稀奇的事情，不过经过上次“进位四名门”那件事，我实在是很难相信里志说的话。

“真可疑啊，这是真的吗？”

“真的啦，虽然并不是官方认可，不过手工艺社的前辈都是这么叫的。话说摩耶花，你们漫研是怎么叫的？”

原来伊原是漫画研究会的社员啊。似乎挺符合她的印象，又好像不太符合。感觉挺微妙的。

“嗯，大家都使用KANYA祭来称呼。委员会似乎也是这么叫的。”

“KANYA，汉字是怎么写的啊？”

里志摆出了束手无策的姿势。

“不知道啊，虽然我曾到处问过。”

看来KANYA祭确实是神高文化祭的俗称。不过，KANYA啊，完全想象不出是怎样的字。算了，反正取名本来就是因为莫名其妙的理由，要追溯由来的话估计要费上很大的力气吧。就在我这样想的时候，里志进行了补充。

“我估计是先把神山高中文化祭叫成神山祭，然后变成了KANYAMA祭，最后演变成了KANYA祭吧。”（注：“神山”的日文读音为KAMIYAMA。）

这家伙的杂学知识依旧是这么丰富。

话题有些走偏了，伊原微微提高声调将焦点拉回到正题上。

“所以你们才要找文集啊。估计去书库应该是能找到的，不过管理员老师去开会了，现在进不去。大概过个三十分钟就会回来，你们要等一下吗？”

三十分钟啊。千反田似乎也并不是马上就想看到，她小声地询问我该怎么做。我其实是怎样都无所谓的，不过感觉外面的雨越下越大了。天气预报说下午会放晴，到了晚上就能看到星星了，所以一边继续躲雨一边等待应该是不坏的选择吧。

“嗯，就等一下吧。”

“我倒是很希望你回去。”

我决定继续看刚才那本平装书，就在我准备转身的时候，里志拉了一下伊原的袖子。

“摩耶花，刚才那件事也说给奉太郎他们听听吧。”

伊原装模作样地皱起了眉头，然后点了点头。

“也好。折木，你有没有兴趣偶尔动动脑子啊？”

没有。

但是，千反田却并非如此。

“是什么事情啊？”

里志面带一如既往的微笑，回答道：

“是关于无爱的最爱之书。”

“我每周五放学后都会到这里值班，发现每个星期都有同一本书被还回来，到今天已经是连续五个星期这样了。仅仅是这样就够奇怪了吧？”

我不管伊原正在讲话，自顾自地寻找着可以看书的座位。但是很遗憾，人满为患的室内并没有可以让我悠闲看书的场所。无可奈何之下，我只好坐在了里志刚才占据的椅子上。

这个座位离柜台很近，会听到千反田他们说话的声音。

“是很受欢迎的书吧。”

“看起来像吗？”

伊原展示了一下手中那本大型书的封面。

“哇，好漂亮的书……”

听到千反田的赞叹声，我不由自主地将视线转了过去。原来如此，那本书的装帧确实非常精美，难怪会讨大小姐的欢心。封面包着皮革，还有细腻的花纹装饰，接近漆黑的深蓝色调显得非常厚重。书名是《神山高中五十年的轨迹》，是一本又厚又大的书。

“能让我翻一下吗？”

“请便。”

我从斜挎包中取出平装书，翻到刚才读到的页数。这时，高级纸的书页盖住了我的那本薄书，跃入了我的视野之中，千反田就像是理所当然一般打开《神山高中五十年的轨迹》给我看。我虽然没有兴趣，但是又没办法一把推开，所以只好浏览了一下。那确实只是学校的历史而已，上面全都是这样的文章：

昭和四十七年度（一九七二）

这一年的日本与世界

五月十五日，冲绳主权回归日本，冲绳县成立。九月二十九日，签订日中共同声明，日中邦交正常化。

这一年，地价物价出现了异常的涨幅。

这一年的神山高中

○六月七日，神山高中弓道社在县弓道新人赛上首次优胜。

○七月一日，一年级的露营活动因为台风而取消。

□十月十～十四日，文化祭。

□十月三十日，运动会。

□十一月十六～十九日，二年级修学旅行。地点是长崎县佐世保市。

□一月二十三、二十四日，一年级参加滑雪进修营。

○二月二日，一年级的大出尚人同学因为车辆冲撞事故而死亡。召开集体追悼会。

全部都是细小的文字，想要看完估计是相当辛苦的。虽然我没有兴趣每个星期都借过来看，但是如果有人需要用到里面的内容的话，那么每个星期都来借也不是什么奇怪的事情吧。

“奉太郎，你一定是在想‘就算有人每个星期都来借这本书，那也不是什么奇怪的事情’，对吧？”

这个会读心的超能力者。

看到我反驳不了，伊原挺起没多少分量的胸膛说道：

“怎么可能这么简单啊。你从来没有在这里借过书吧？就让我来告诉你吧，听好了，我们学校图书室的借阅期限是两星期，所以，不需要每个星期都来借。”

“然而，这本书却每个星期都被还回来了。”

……原来如此，这确实是相当奇怪的状况。

“知道是谁借走的吗？”

“当然了。封底内侧是有借阅者一览表的，你们看。”

千反田依言看向了一览表。

“咦？”

她惊呼一声。

“怎么了？”

一览表上写着借出日期和借书人的班级、名字，可以看出这本书确实每个星期都被借出去了。但是，千反田惊叫出声的原因并不在这里，她指着借书人的那一栏让我看。

本周的借书人是二年D班的町田京子。

上周的借书人是二年F班的泽木口美崎。

上上周的借书人是二年E班的山口亮子。

上上上周的借书人是二年E班的岛沙织。

上上上上周的借书人是二年D班的铃木好惠。

“也就是说，这本书每周都是被不同人借走了吗？”

“并不仅仅如此。”

千反田指着日期的那一栏说道。仔细一看，最新的日期是今天，然后减去七天的话，就是上周的借出日期。

“每周都是在周五被借走的。”

“没错，而且借出的日期与返还的日期是同一天。町田京子今天借了这本书，并且在当天就返还了。其他人也是一样的，连续五周都是这样的情况。另外，借走的时间也写在一览表上了，她们全都是在午休时间借走的。午休时间借走，放学后就还回来，不要说是仔细阅读了，就连瞄几眼的时间都没有吧。”

“……”

“怎么样，很令人在意吧？”

千反田把书还给了伊原，并缓缓地点了点头。

“嗯……我很好奇。”

语气显得比平时要更为强而有力。就和上次一样，感觉她连瞳孔都放大了，表现出强烈的兴趣。

“这究竟是为什么呢？”

伊原的谜题点燃了这位大小姐的好奇心。里志这个蠢蛋，真是唯恐天下不乱。造成的后果我可不会负责，打定主意视而不见的我准备继续看自己的平装书。

但是，我太天真了，没想到矛头居然会继续指向我。千反田再次将《神山高中五十年的轨迹》盖在平装书上面。

“折木同学，你觉得是怎么一回事呢？”

“问，问我吗？”

里志一瞬间收敛起平常的微笑，露出了揶揄的笑容。这时我才醒悟，里志早就预料到了这种情况，他是在故意陷害我。这个奸诈狡猾的大坏蛋！

“稍微开动一下脑筋吧。”

“……”

“折木同学也来想想吧！”

为什么，为什么我要做这种事情？千反田好奇心旺盛那没什么，里志那喜欢恶作剧的性格或许可以算是他的优点，但是我明明没有义务非要奉陪他们不可啊。然而，事到如今继续推托的话只会让事情越来越麻烦。最终，我不得已只好这么说了：

“……是啊，似乎挺有趣的。我也来想想吧。”

一旁的伊原向里志问道：

“阿福，折木很聪明吗？”

“一般般吧。不过，他经常会在这种无关紧要的地方派上用场。”

你这家伙说话还真不客气啊。

我试着思考了一下。

每周不同的人借走这本书并在当天返还，而且连续五周都是如此，要说纯属巧合那也并非完全无可能。但是，我对于偶然之神可没有那么虔诚，而且千反田也不会接受这种说法。重要的不是事实，而是如何让千反田接受。

既然排除了巧合这个结论，那么可以确定借书人并不是想看这本书才来借走的。在午休到放学后的这么一点时间里，基本上是没空看书的。而且如果真的想看的话，不需要借回家，只要到图书室来看就好了，根本就没有办理借书手续的必要。所以结论就是这本书并非是基于阅读的目的而被借走的。那么究竟是什么目的呢?

“……书本除了阅读之外，还能干什么用呢？”

千反田说：

“多叠几本可以用来压腌菜缸。”

里志说：

“装备在手臂上，可以当做盾牌。”

伊原说：

“堆起来当做枕头说不定挺不错的。”

我不想再问这帮家伙了。

换一下视角吧。

为什么每周会有不同的人来借这本书？既然排除了巧合这种想法，那么还有两种可能。她们之间尽管没有共通点，但是说不定最近流行在周五下午使用这本书，所以她们就约好轮流来借。

不过，会有这种流行吗？对了，也许是占卜一类的。比如："你这个月的幸运物品是校史，周五下午去借来然后当天返还的话，就能和男朋友和谐相处。"

……太蠢了。

另一种可能就是她们之间其实存在共通点。

从名字来看，借书人全都是女生吧。不过，这是几乎完全没有用处的共通点。在神高随机抽出五名学生，全是女生的可能性也非常高。而且无论是男是女，当组成一个集团的时候，全部都是同性并不是什么罕见的事情。

另一个共通点是，她们全都是二年级学生。不过，班级都不相同。

嗯？

说起来……

"怎么，你想到了什么吗？"

……我的脑海中浮现出了某个想法，但是被里志这么一打岔就不知道跑哪里去了。是什么来着呢？

算了，总之先从想到的事情开始说吧。

"假定这是某种暗号，你们觉得如何？比如说……还书时正放就代表'可'，反放就代表'不可'。"

"什么东西可不可啊？"

"我只是举例而已，不管什么都可以。"

千反田歪着小脑袋开始思考。很好，就这样接受我的说法吧。

但是，我被反驳了。开口的不是千反田，而是伊原。

“这是不可能的，你看。”

伊原指着图书室的还书箱。还书箱里面堆着好几本书，原来如此，这样是看不出到底是正放还是反放的。就算书上被做了什么手脚，那么也只有打开还书箱的——也就是说只有在周五放学后值班的图书委员会知道。

不干了。信口开河只会成为伊原的牺牲品。

实在是想不出来。也许线索已经齐全了，但是我完全看不透，必须再多几个提示才行。我盯着伊原手上那本校史书的漂亮封面，思考着要在哪个时机说出投降宣言。

这时，千反田突然闯入了我的视野之中。她上半身倾向柜台，脸几乎要贴在伊原抱在胸前的那本书上面，定睛凝视着。

“咦，咦？”

突然的逼近让伊原感到不知所措，我很能理解她的心情。

“怎么了啊，千反田？封面上写了什么一烤就会现形的文字吗？”

千反田维持着这个姿势一动不动。

“……好像有什么气味。”

然后轻声嘟囔道。

“是吗？伊原，借我看一下……什么也闻不到呀。”

“不，我确实闻到了。”

“不是书本的气味吗？比如说墨水的气味或者图书室的气味。”

对于里志的这个说法，千反田摇头表示了否定。

伊原和里志也从我手上接过书闻了一下，但是他们似乎也闻不出来。两人都皱起眉头，疑惑地歪了歪脑袋。

“你们闻不出来吗？是有些刺鼻的气味，就像稀释剂一样。”

“不要说得那么可怕。”

“气味吗……还是闻不出来啊。”

我也闻不出来，但是我不认为这是千反田的错觉。这位大小姐斩钉截铁地断定有气味，话虽如此，不过应该不会真是稀释剂的气味吧。

如此一来……唔。

……我似乎隐约找到答案了。

但是求证起来就有些麻烦了。

我正思考着应该怎么做才好，结果里志再次看穿了我的内心。

“奉太郎，看你的表情应该是想出答案了吧。”

“咦？不会吧，折木居然想出来了？”

我清楚感受到伊原朝我射来带有强烈怀疑感的视线，同时坦率地点了点头。

“算是吧。不过还不能确定……千反田，有兴趣运动一下吗？我希望你能去一个地方。”

“咦，你已经有头绪了吗？那么我要去哪里？”

千反田一副只要听到地点就会马上冲出去的样子，不过里志微笑着制止了她。

“千万不要上当啊，千反田同学。你怎么可以被奉太郎随意使唤呢？这家伙只有供人使唤才能派上用场。奉太郎，是哪个地方啊？”

真是过分的说法。不知道是不是因为有伊原在，里志的发言比平时还要不客气。不过，他说的并没错，所以我也没有特别生气。如果没人使唤我的话，我确实是什么也不会做的。

“好吧，我自己去好了。反正今天体育课被下雨给毁了，我还剩下一些可用的能量。”

听到我这么说，千反田也表示要一起来。然后——

“哼，我也陪你们去。如果折木真的猜对了的话，那我会挺受打击的……阿福，麻烦你留在这里照看一下了。”

伊原说着从柜台里走了出来。被随意差遣的里志不由得愣了一下，不过过了一会就一言不发地走进柜台。我真是好久没有看到里志露出如此悲哀的表情了。

我们收获满意的成果，回到了图书室。

“怎么样了？”

“阿福，折木这个人有点怪呢。”

“是很奇怪啊。你难道不知道吗，摩耶花？”

“为什么他能知道那种事情……”

你问我为什么，我也不太好回答啊。这种事情基本上是靠灵光一现的，而灵光会不会来完全是凭运气。

“折木同学真是让人吃惊啊，我对折木同学的大脑很感兴趣。”

我想象着在暴风雨的夜晚，千反田在郊外房子（当然是哥特式的洋房）的地下室对我进行开颅手术。

真是太可怕了。要我说，千反田的嗅觉才是一个谜，居然能闻到大家都闻不出来的些微气味。

“如果是折木同学的话，搞不好……”

嗯，搞不好什么啊？千万不要说能当成有机电脑的材料。

里志一边和伊原交换了位置，一边询问道：

“好了，麻烦你说明一下吧，奉太郎。首先，你们去哪里了？”

我将手肘撑在柜台上，回答道：

“美术准备室。”

“美术准备室？那不是在校舍的另一边吗？”

“所以我才不想去啊。”

“那里有什么？”

“你慢慢听我说。”

我又重复了一遍在美术准备室对千反田她们解释过的事情。

“如果要使用这本书的话，那么应该是在周五的第五节课或者第六节课，也可能是两节课都会用到。基本上没有女生会在休息时间使用那么大本的书，更不要说是去看了。而说到年级相同班级不同的学生会一起上的课——”

我刚才就快想到却因为被里志打岔而忘记的事情，就是这个了。在第一次见到千反田的时候我也思考过这个问题，千反田是在哪里见过我的呢？

“就是体育课或者是艺术选修课。体育课无论如何都不可能用到书的，而且你看这本书的封面，不觉得设计很精美，颜色也很好看吗？那五个女同学是在上课时使用这本书，所以她们每周轮流去借。”

里志这时插嘴了。

“我不明白为什么要每周都借一次啊。借书期限是……”

“你问的问题跟伊原一样啊，你们还真合得来呢。里志，你会把自己不看的书放在手边保管吗？每周还回去才是最轻松的管理方法吧。”

“……原来如此。那么你们找到了什么？”

“你已经猜到了吧？是画作。 二年D、E、F班共同艺术选修科目——美术课课堂上画的画。”

美术准备室里有好几张画风不同但是描绘主题相同的画作。那是女学生的肖像画，她身边的桌子上摆放着鲜花，而她手里拿着、眼睛看着的正是那本装帧漂亮的校史《神山高中五十年的轨迹》。这些图画都将原物上面的细小文字画得模糊不清，也不知道算不算是艺术加工。“你真行啊，奉太郎。那么，千反田同学闻到的味道是……”

“当然是颜料的气味。去了美术准备室就知道了，那里充满了那种气味。”

里志有气无力地拍了两三下手。

“呀，了不起了不起。托你的福，让我度过了相当愉快的时间。”

千反田见状也微笑着表示了赞赏。

“嗯，真的很开心。感觉时间过得飞快呢。”

“我苦思冥想了好几个小时都没想出来……折木居然一下子就猜到了！”

我深深感受到，这就是他们与我的不同。因为书本的借出情况不同寻常而心生疑念的伊原，对于这种无关紧要的怪事表现出莫大兴趣的千反田，享受一连串过程的里志，我和他们是不一样的。眼前这群仿佛心灵得到净化一般的家伙给我的感觉，可能跟我对KANYA祭抱持的印象有点相似吧。

怎么说呢……算了，随便啦。

雨变小了，可以准备回家了。

然而，就在我抓起斜挎包的时候，千反田叫住了我。

“啊，还不能回去哦。”

“为什么啊？还有什么事情啊？”

我突然发现里志和伊原的视线变得无比冰冷，我做错了什么吗？

“折木，你来这里是做什么的啊？”

还能做什么，不就是解开无爱的最爱之书……

不，不对。是文集啊。

里志笑了。

“再稍微待一下吧。奉太郎你有时候真是少根筋呢。”

“有时候？阿福，你是不是太抬举他了？”

啧，我可没有愚蠢到会经常在你面前失态的。

伊原还想说些什么，这时有人在柜台里面出声唤她。

“伊原同学，辛苦你了。你可以回去了。”

“啊，好的。您回来了啊，糸鱼川老师。”

出声的人是老师。我从没见过这位老师，不过她应该就是图书室的管理员吧。已过中年的她个头非常小，胸前别着名牌。是糸鱼川养子老师啊。

见到管理员登场了，里志马上开始了交涉。

“老师，我是古籍研究社的福部里志。我们准备制作文集，所以想找旧刊来参考一下，但是外面的书架上面没有，请问可以让我们去书库找一下吗？”

“古籍研究社……文集？”

糸鱼川老师发出了惊讶的声音。果然大家都以为古籍研究社已经废社了吗？

“你们是古籍研究社的吗？这样啊……不过很遗憾，图书室里没有文集的旧刊。”

“嗯，所以我们想去书库里找。”

“书库里也没有。”

“会不会是看漏了？”

“不会的。”

那位老师回答得异常肯定。我虽然觉得有点奇怪，不过不管怎么想，管理员都没理由欺骗我们。这样一来，她应该是在最近整理过书库吧，所以才会如此肯定。

既然被彻底否定了，里志也只好放弃。

“这样啊，我知道了。千反田同学，你听见了吧？”

“……伤脑筋啊。”

千反田有些阴郁地看着我。就算她露出这样的表情，我也只能耸肩说道：

“迟早会找到的。我要回家了。”

我说完就背起斜挎包准备闪人。

这时，伊原语带嘲讽地对我说道：

“你还真快活啊。解开谜题心情很舒畅吗？”

又不是我自己想解谜，就算解开了那又有什么好开心的啊。伊原，你的攻击完全不痛不痒呢。我正准备这么回击，不过仔细想想也没什么好说的，于是只是耸了一下肩膀。

“好吧，回家吧……反正也有收获了。”

千反田说着有些莫名其妙的话。

不管怎样，反正没我什么事了，我再次背起了斜挎包。雨声不知不觉已经停歇，阳光从云间挥洒下来。然后，当我转身准备离去的时候，似乎又听到了千反田刚才那句小小的嘟囔——

“是的，如果是折木同学的话，搞不好……”

四

另有隐情的古籍研究社之后裔

冰菓

The niece of time

某个星期天，我被千反田叫了出去，说是想在学校以外的地方见面。她表示地点任我指定，于是我选了咖啡店“菠萝三明治”。我很喜欢这家店，店内的装潢以深褐色为基调，显得很有品位。而且在我的所知范围内，这家店的乞力马扎罗（**注:指乞力马扎罗咖啡，原产于坦桑尼亚东北部的非洲最高山脉乞力马扎罗山。其咖啡品质优良，香气浓郁，酸味突出，适宜于调配综合咖啡**）可谓是一等一的酸。尽管店面比较小，不过店招牌很显眼，应该是不难找到的。

店内非常安静，连广播都不放，一点都不像时下的咖啡店，这一点正是我喜欢这家店的原因之一。不过作为等待场所来说，这份安静就有些无聊了。明明距离约好的时间还有几分钟，我却坐在包厢里瞪着喝剩的咖啡，内心抱怨着千反田怎么还没来。

当我的手表正要指向约好的一点半时，千反田终于抵达了。店内很小，千反田一下子就找到了我。她穿着一身近乎纯白的奶油色连衣裙，坐到了我的对面。除了这套便服以外，她身上就没有精心打扮过的地方了。

“不好意思，麻烦你专门出来一趟。”

我没有回她“没关系”，而是喝光了剩余的咖啡。老板过来点单，千反田扫视了一下菜单，用甜美的声音说道：

“我要维也纳可可。”

而我这个不富裕的高中生就没有加点了。

作为正题之前的闲聊，千反田表示她对这家店的印象很好，我对此的回应是，来到这家店不点咖啡，就和去了上野动物园却不看熊猫一样。千反田马上做出了反驳，她举出一堆实例证明自己喝不了咖啡因饮品。就在这时，维也纳可可端上来了。看到可可上面那厚厚一层如同小山一般高的鲜奶油，我不由得愣了一下。原来千反田是甜食党啊。

千反田开始用汤匙搅拌鲜奶油，看起来很开心的样子。我有点担心再这样下去，她说不定喝完可可闲聊几句就回去了。不怕一万只怕万一，于是我主动开口了：

“话说，你找我有什么事啊？”

“啊？”

这是在神圣的星期天找别人出来时应有的态度吗？

“我是问你究竟有什么事才把我叫到这里来。”

千反田安静地喝了一口可可，小声称赞“真好喝”，然后疑惑地歪了歪小脑袋。

“为什么把你叫到这里来？这家店是折木同学你自己选的呀。”

“我要回去了。”

“啊，请等一下。”

千反田放下汤匙和茶杯，端正了坐姿。

“对不起，我有些紧张。”

我觉得她不慌不忙的态度看起来相当冷静，不过经她这么一说，我注意到她的表情似乎有些僵硬。更主要的是，说出自己很紧张这句话就足以证明她现在失去了平常心。在她的影响下，我不由自主地说出了有些过火的调侃：

“紧张？莫非你想向我告白吗？”

话刚说出口，我马上就发现这个玩笑或许不适合千反田。于是我结结巴巴地想要进行补救，不过千反田稍微犹豫了一下，就用力地点了点头。

这下换我慌了手脚。情急之下，我对老板喊道：

“……再来一杯咖啡。”

千反田没有理会惊慌失措的我，静静地说道：

“或许这能算是告白吧。我有事情想拜托折木同学。本来这是只属于我自己的问题，没有道理拜托别人的。所以，能请你先听我说吗？”

千反田不再看向可可了。是这样啊……我虽然不擅长应付严肃的场面，但还是说道：

“嗯，你说说看吧。”

“好的。”

然后，隔了一段令人屏息凝神的时间，千反田这才慢慢地开始说：

“……我有个舅舅。是我母亲的哥哥，名字叫关谷纯。十年前远渡重洋去了马来西亚，七年前下落不明了。

“小时候的我……不，我现在也无法说自己已经不是小孩了。总之十年前，我是很黏舅舅的。在我的记忆中，舅舅是个有问必答的人。我那时候还小，想必是问了不少没头没脑的问题。我自己也不记得自己到底问了哪些问题，只记得舅舅是无所不知的。”

“真是厉害啊。”

“不过到了现在，我不清楚他确实是很博学呢，还是单纯是口才很好而已。”

她说了一句很像我会说的玩笑话，咧开嘴角微微一笑。

“我知道你有舅舅了。我也有两三个舅舅，虽然没有人下落不明就是了。这和你要拜托我的事情有什么关系呢？你该不会想让我去马来西亚找他吧？”

“不，舅舅是在孟加拉地区（**注：指包括孟加拉国及印度西孟加拉邦、比哈尔邦、特里普拉邦和奥里萨邦在内的地区，这一地区主要居民为孟加拉人，讲孟加拉语**）失去联络的，呃，应该是在印度境内。我想拜托折木同学的是……我希望你能让我想起来舅舅对我说了什么。”

千反田说到这里，暂时停顿了一下。这是正确的做法，因为我一时之间无法理解自己听到了什么。千反田居然来问我她舅舅对她说了什么？

“……简直乱七八糟。”

“抱歉，我有些太跳跃了。我对舅舅的记忆都是在我很小的时候留下的，所以几乎都不记得了。但是，只有一件事情令我印象深刻。我想要回忆起来的就是那件事情。”

千反田将杯子拿到嘴边，她多半不是想品尝可可，而是想润一下喉咙吧。接着，她稍微降低音量，继续说道：

“那个时候，我还在上幼儿园。我不知从哪里得知舅舅是‘古籍研究社’的，可能是因为这个词念起来和我家里的常备零食‘醋昆布’很像，我对舅舅的‘古籍研究社’产生了兴趣。”醋昆布和古籍研究社，这个双关语冷笑话也太烂了，不过小孩子的好奇心模式是很难懂的。这种事情也很常见吧。更何况这小孩长大后变成了好奇心的化身——千反田爱瑠啊。

“舅舅和我说了很多关于‘古籍研究社’的事情。然后某一天，我询问了舅舅某件与‘古籍研究社’有关的事情。平时不管我问什么，舅舅都会马上回答，但是那个时候他却不太愿意回答我。我不甘心地闹了很久，舅舅才不情不愿地回答了我。听了他的回答，我……”

“你怎么了？”

“……我哭了。不知道是因为恐惧还是悲伤，总之是号啕大哭。听说后来还惊动妈妈跑过来，不过我不太记得了。我只记得舅舅完全没有来哄我。”

“你很受打击吗？”

“不清楚，大概是吧。因为一直记得这件事情。而到了很久以后，应该是初中的时候吧，我开始觉得好奇了。舅舅为什么不愿意回答呢？为什么没有哄我呢？……折木同学，你是怎么看的？”

既然她问我，那我就试着思考了一下。那位体贴到不厌其烦地回答小孩子的问题，并且聪明到无所不知、无所不晓的人，为什么偏偏在那个时候放任哭泣的小孩子不管呢？

答案很快就出来了。我从容不迫地说道：

“你的舅舅一定是对你说了什么无法收回的话。由于那是一件非常重要的事情，所以他没办法哄哭泣的小孩说那是骗人的。”

千反田闻言微微一笑。

“嗯，我也是这么认为的。”

她的视线从正面朝我射了过来……唔，咖啡还没好吗？

“自从这么想之后，我就非常想要回忆起当时到底听到了什么。能试的方法我全都试了。为了重现当时的环境，我还专门潜入了仓库，并且还在可行的范围内与已经疏远的关谷家进行接触。”

我相信她说的话。这家伙如果有想做的事情，毫无疑问会贯彻到底的。

“但是，该说是仿佛蒙上了一层雾吗？我就是回忆不起来……在这种情况下，借用折木同学的话来说，那就是需要一些线索。”

“原来如此。这就是你加入古籍研究社的‘个人因素’吗？”

千反田轻轻地点了点头。

“然而，我没想到古籍研究社差点就废社了。我虽然想过这并非易事，但是没料到居然连可以询问的对象都没有。我还去过教师办公室，不过没有一个老师知道三十三年前我舅舅还在神高就读时的事情。”

“那么，你为什么要找我帮忙？”

“这是因为……”

千反田突然中断了话语，原来是老板把咖啡端过来了。满脸胡子的老板以机械般的动作收走了空杯子，然后摆上了另一杯咖啡。在老板离开后，千反田才像是猛然想起来一般，喝了一口可可。

“……社团活动室被锁的那次，还有伊原同学在图书室提出问题的时候，折木同学你都推导出了我想象不到的结论。我这样说也许有点厚脸皮，但是我真的觉得折木同学能够将我引导向答案。”

我清楚感觉到自己皱起了眉头。

“你太看得起我了。那只是灵光乍现而已，靠的仅仅是运气罢了。”

“那么，请让我仰仗你的运气吧。”

“我没兴趣。”

我怎么可能有兴趣啊。首先，这正如千反田所说，是我没有义务承接的麻烦事情。而且，如果我无法拿出成果的话，我肯定会对千反田感到过意不去，并诅咒自己的无能。这不是简简单单的智力测试，说得夸张一点，这甚至关系到千反田这个人的人生观。让我奉太郎——这个节能主义者对这种事情负责？别开玩笑了。哪怕是只有一点责任，我也不想干。

“为什么只找我一个人？值得仰仗的人大有人在吧。”

千反田瞪大了眼睛。我没在意她的反应，继续说道：

“使用人海战术就好。里志、伊原，还有你的其他朋友，去拜托他们不就好了。”

她没有回答。我拐弯抹角的拒绝引发了千反田的沉默。她微微低头，轻叹了一口气，声音小到几乎难以听见，然后又沉默了片刻，这才轻声说道：

“折木同学，我不喜欢到处宣扬自己的过去。”

“……”

“这种事情并不是能对随便什么人说的。”

我恍然大悟。对哦，这是当然的。

千反田为什么特地在周日把我叫出来，并制造出一对一的说话机会？答案很简单，她不想让太多人知道她舅舅的事情。我不知道千反田为什么会这么想，但是她信任我并将所有的一切告诉了我，我却让她使用“人海战术”……

这并不是什么丢脸的事情，不过无论是谁都有自己的秘密吧。

我感到脸颊发烫，不禁低下了头。

“……抱歉。”

千反田微微一笑，大概是原谅我了。

然后，沉默再次降临，千反田在等待我接下来的话语。我不知道自己应该说些什么，咖啡的热气在我们之间升起。千反田的维也纳可可已经不冒热气，显然是冷掉了。

我拿起茶杯。或许是这个动作打破了紧张气氛吧，千反田的表情顿时松缓了下来。

“我知道这个要求太强人所难，也明白不应该为了自己的回忆而将折木同学卷进来。但是，我……”

“……”

“在折木同学回答我的疑问时……我说不定是将折木同学和舅

舅重叠在一起了。虽然你比舅舅要冷淡多了，但是你还是回答了我的问题。所以……抱歉，我太任性了吧。”

“高中有三年时间，在这期间慢慢找好了。实在不行的话，我也可以稍微助你一臂之力。”

然而，千反田却缓缓地摇了摇头。

“我希望能在舅舅去世前弄明白舅舅的事情。那件他无论如何都不愿意扭曲的事实到底是什么？他告诉我的事情究竟是什么？我想带着答案去参加他的葬礼。”

“你舅舅去世了吗？”

她这话还真奇怪。死人是不会再死一次的，而失踪的人只是失踪，并不会死。

……不对。

是啊，失踪的人是会死的。

“我舅舅关谷纯到今年为止已经失踪七年了。你应该知道吧，七年一直生死不明的人在法律上是视为死亡的……关谷家打算申请‘普通失踪宣告’，并举办一个小小的丧礼。舅舅的问题即将就此告一段落。”

千反田说完，轻轻地呼了一口气，然后将视线移向窗外。我也跟着她看了过去，不过外面只是普通的街道而已，并没有什么特别的东西。

我又喝了一口咖啡。千反田该说的都说完了吧。

我思索着。

有想要回忆起来的过去，也就是说那是值得回忆的过去吧。依照我的个人信条来看，那是相当奇异的事情。对于只顾回避眼前危机的我来说，回忆这种东西有意义可言吗？

但是，千反田想从过去取回自己遗失的东西。想想也对，千反田是个会出于好奇心而探索现在的家伙，会想要探索过去那也没有什么不可思议的。千反田想要找回过去，这是为了当做给她舅舅的供品，同时更多的也是为了自己吧。然而，她自己却没有达成这个目标的能力。我乱成一团的大脑中突然浮现出姐姐那封信里的一句话——反正你也没有什么想做的事情吧？

……或许是吧。我是节能的奉太郎，自己不需要做的事情，那就尽可能不做。

那么，帮助别人做他们必须要做的事情，这应该没有违背自己的信条吧？

我放下咖啡杯，用手指弹了一下杯子，为暧昧的想法做了一个了断。厚厚的陶瓷杯子发出了沉闷的声响，原本还在观望街景的千反田将注意力转移到了我的身上。我仿佛是要让千反田留下深刻印象一般，缓缓地开口说道：

“我无法对你负责。”

“嗯？”

“所以我不能答应你的请求。不过，我会记住这件事情，如果发现什么线索的话，一定会向你报告的。就是你无法做出解答，我到时候也会帮忙的。”

“……好的。”

“如果这样就可以的话，我不介意助你一臂之力。”

千反田迅速地挺直身体，以四十五度角鞠了一躬。

“非常感谢。给你添麻烦了，请多多指教。”

麻烦吗？

我别过头去不让千反田看到，微微一笑。我也很惊讶自己居然没有拒绝她的请求。如果告诉里志这件事情的话，那家伙会说些怎样的风凉话呢？虽然我完全没兴趣告诉他，但还是不自觉地这样想。里志一定会瞪大眼睛，用我难以理解的说法滔滔不绝地表达他的惊愕吧。比如“冷冷拒绝那才是奉太郎的作风”之类的。

那个时候，我该怎么向他解释呢？

我没有理会正在频频致谢的千反田，满脑子想着这些事情。可可已经变得冷冰冰了，而我的第二杯咖啡也喝完了。

五

源远流长的古籍研究社之封印

冰菓

The niece of time

神山高中尽管号称是升学学校，但是无论是升学率还是为此付出的努力都不符其名。一年只举办一两次全国范围的模拟考，补习则是彻底没有。在当今社会算是非常悠闲了。

但是，就算是在神高，定期考试还是无法避免的。如果说学生生活整体是玫瑰色，那么为数不多的敌人那就是考试了。随着第一学期期末考的到来，学校发布了社团活动禁止命令，于是古籍研究社也停止了活动。其实我们平时并没有做什么特别的事情，就算不禁止活动也不会影响到考试，但是这段时间钥匙是不外借的，我就算想去活动室也去不了。

而就在今天，期末考终于结束了。我躺在自己房间里的床上，无所事事地注视着天花板。雪白的天花板较之平时没有什么变化。

说到考试，古籍研究社社员的成绩还挺有意思的。

首先是福部里志。这家伙明明没用的知识非常丰富，对于学业却毫无兴趣。期末考试的成绩还没出来，现在不好说些什么，不过他期中考试的分数相当糟糕。因为里志那个时候忙于研究“日本人为什么不在日常生活中使用草书（里志称之为笔记体）”。对于里志来说，他只在乎自己认为很重要的事情。说直接点就是态度傲慢，用长远的眼光来看，说不定会得出“这人简直愚蠢透顶”的结论。然而，里志对此毫不关心。说他是个自由人那实在是有些太抬举他了。总而言之，他就是一个博学的笨蛋。

再来是伊原摩耶花。她原本是漫研社的社员，后来为了接近里志又加入了古籍研究社，算是和里志一样两边跑吧。在学习方面，她可谓是努力型的好学生。摩耶花总是检视自己是否犯错，所以成绩自然而然就名列前茅了。只不过，她完全没有潜心钻研、精进学业的念头。也就是说伊原是与一般定义稍有不同的神经质性格，或许可以说是完美主义者吧。伊原的尖酸刻薄应该是那洁癖性格的另一种表现。她动不动就怀疑，再三追问。并且，她对待自己想必也是一样的。

接下来是千反田爱瑠，她取得了非常不得了的分数。在学校的成绩榜上，她排行全年级第六。而且她并不是只会考高分的考试机器，事实上高中教育的内容似乎已经难以满足千反田了。千反田之前曾说过，她想了解的不是零部件，而是整个系统。我不是很清楚她这句话到底是什么意思，只是隐约觉得这句话很好地解释了这个大小姐的好奇心。比如她舅舅的那件事情，或许可以解读成千反田想要通过知晓她舅舅说的那句话，得以完成对她舅舅这个系统的认识。所谓求知就是这么一回事吧，千反田总是有意识地要求自己做到这一点。

至于我，则是很普通。

以名次来看，我是全年级三百五十人中第一百七十五名。中庸到就像是在开玩笑一般。我没有千反田那么旺盛的好奇心，也不像里志那样毫不上心，更不像伊原一样对于错误耿耿于怀。所以我的成绩不好也不坏，同时也没有什么特别的上进心。我并非完全没有进行考前复习，不过也不会复习得特别认真。我偶尔会被人说“你有点奇怪呢”，不过我觉得这句话证明了他们没有识人的眼光。我站在不高不低的地方，既不想上升，也不想下降。原来如此，里志说得还真不错。他经常说“讲到灰色的人，我就只能想到奉太郎你了”。

当然，这不仅限于学习成绩。社团活动、体育运动、兴趣、恋爱……总而言之就是人之本性的问题。有句俗话叫“只见树木，不见森林”，不过也有“以小见大”这种说法。总之凡事并不绝对，广辞苑在不久的将来就会记载“说到高中生活就会想到玫瑰色”这样的词条吧，而玫瑰只有在合适的场所才会绽放出艳丽的玫瑰色花朵。

那不是适合我的土壤，仅此而已。

我躺在自己房间的床上，漫无边际地思考着这样的事情。就在这时，楼下传来了一阵声响。那是有东西丢进邮箱里的声音。

我下楼打开邮箱一看，不禁愣住了。那是有着红蓝白斜纹的国际信件。寄信人不用看也知道，会往折木家寄国际信件的就只有折木供惠这个人了。是从哪里寄来的呢？伊斯坦布尔？

我当场拆开了信封，里面有好几张信纸，其中一张是写给我的。

折木 奉太郎：

展信佳。

我目前人在伊斯坦布尔。不过因为一些小差错，我现在躲在日本领事馆里面，还没有机会欣赏城市的风景。

我想这里应该是座相当有意思的城市吧。如果能在这个城市使用时光机的话，我一定要回到历史上的那一天将城门锁上，这样一来历史就会改变了吧。反正我不是历史学家，进行天马行空的幻想倒是挺有趣的。（注：指公元1453年5月29日奥斯曼帝国的军队从未锁好的科克波塔门攻入当时的拜占庭帝国都城——君士坦丁堡。）

这次旅行很好玩的。十年后，我一定不会后悔有过这样一段日子。

古籍研究社怎么样了？社员增加了吗？

就算只有你一个人，你也不能气馁！男孩子只有忍耐孤独才能变得坚强。如果还有其他社员的话，那就再好不过了。因为男孩子是需要在人群中磨练自己的。

另外，我有件事比较挂念，所以就在这里提一下。

你（们）有兴趣制作文集吗？古籍研究社每年文化祭都会推出文集的，不知道现在是否还在继续？

如果准备制作的话，我有点担心你是不是不知道制作方法。因为图书室没有古籍研究社以往的文集，你估计找不到东西来参考。

冰菓

The niece of time

你要去社团活动室找。那里有没在使用的药品柜，旧刊就在那里面。上面的号码锁已经坏了，不需要密码就能打开的。

到了普里什蒂纳我会打电话回去的。

折木供惠 谨上

躲在日本领事馆里面？老姐，你做了些什么啊？算了，反正我并不怎么担心，详细情况应该会写在寄给老爸的信里吧。普里什蒂纳这个城市我好像听说过，不过想不起来具体是个怎样的地方。既然是老姐会去的地方，那肯定是某个冷门的古战场吧。

话说还真没想到啊，我不自觉地叹了口气。老姐该不会掌握了什么我所不知道的情报网，在暗中监视吧？还是说，古籍研究社的旧刊是代代相传的秘密？没错，我们正好在找旧刊，而且还真的没找到。

我前几天得知了千反田的私人课题，不过对于作为古籍研究社社长的她来说，制作文集是必须要解决的官方课题。没能在图书室找到旧刊让千反田相当伤脑筋，如果老姐所言非虚的话，那么旧刊就有着落了。

终于有希望达成以结果作为目标，并以此目标创造出结果的目的了。同时这也代表又多了一件麻烦事情，但是如果我因为嫌麻烦而知情不报的话，那么未免太过不近人情了。折木供惠的信总是会扰乱我的生活啊。

我将信纸塞进挂在衣架上的制服长裤的口袋里。

隔天放学后，我立刻前往了社团活动室。考试结束再加上久违的晴天，每个社团都活力十足。从操场上传来各个运动社团的吆喝声，校内则响着铜管乐社、轻音乐社、国乐社的练习曲旋律。体育类社团尽管平时比较引人注目，不过KANYA祭的主角是多彩的文艺类社团。放学后，文艺类社团聚集的特别大楼里到处都能看到人。

在这座特别大楼最上层的角落位置是地学教室，等我赶到的时候，千反田和伊原已经在里面了。她们明明上次在图书室才刚刚认识，现在就已经打成了一片，估计是很合得来吧。她们今天也一同坐在窗边聊天。两人都提早换上了夏装，看起来非常清爽。伊原从短袖中露出来的胳膊是小麦色的，而千反田的则显得比较白皙。随着夏日的临近，阳光也变得越来越毒辣了，难道大小姐身体里面没有黑色素吗？我竖起耳朵倾听她们的对话。

“也就是说，页数是不能随便乱定的。”

“有地方会承接社团文集的印刷吗？”

“这个你就不用担心了，漫研那边是有门路的。”

“那么可以麻烦你们帮忙吗？”

是在聊文集的事情啊，她们还真努力。

这时，千反田突然身体僵硬，用手捂住了脸。

“……”

怎么了？

“……阿嚏！”

原来是打喷嚏啊。打得还真含蓄。

“阿嚏！阿嚏！”

“没，没事吧？感冒了？还是花粉症？”

“……啊，停下来了。我身体这么虚弱真是让你见笑了，最近似乎是得了夏季感冒……”

唔，夏季感冒是很痛苦的。难怪她说话时带有一点鼻音。

总之，先和她们打个招呼吧。

“哟，千反田，伊原。”

“啊，折木同学。”

“伊原，你不用去漫研吗？”

“嗯，那边算是告一段落了。怎么，我在这里很碍事吗？”

碍什么事啊？

算了。

我懒得拐弯抹角，决定直接切入正题。我从口袋里取出了老姐的信。

“我的老姐以前也是古籍研究社的社员，她告诉了我文集的所在。”

千反田愣了一下，似乎没有理解我所说的意思。

“她告诉了我文集的所在。”

我一字一句地重复了一遍。

“啊。”千反田瞪圆双眼，惊讶不已，“这是真的吗？”

“是真的。说谎对我有什么好处啊。”

听到我这么断言，千反田的薄唇勾勒出了浅浅的笑容。优雅的千反田家大小姐从来没有过笑容满面的情况，但是要说此刻是喜怒哀乐中的哪一种情绪，那毫无疑问是喜悦了。就算得到非常想要的某个东西，我也无法露出相同的表情吧。对照她在咖啡店“菠萝三明治”时的凝重神情，真是很难想象是同一个人啊。

“这样啊，文集终于……”

我听到了她小小的嘟囔声。

“呵呵呵，旧刊……”

千反田爱瑠这个人实在是有点危险。

不过，伊原却皱起了眉头。

“确定是真的？为什么要专门写信告诉你这件事……”

这是很正常的疑问。文化祭资料的所在——我也不觉得这种事情会重要到让在伊斯坦布尔的她专门寄信来告诉我。然而，那可是我的老姐啊，没有人知道折木供惠到底在想些什么。

“她确实是写信来告诉我了，内容的真伪我就不知道了。你们要看吗？”

我把信纸摊在了旁边的桌子上，伊原和千反田靠了过来。两人浏览着信上的内容，沉默降临到了活动室里。先打破这片寂静的人是千反田。

“……她很喜欢土耳其吗？”

“她喜欢整个世界。”

“真是很棒的姐姐啊。”

千反田似乎被奇怪的地方所吸引，但是该注意的并不是那里。

“‘十年后，我一定不会后悔有过这样一段日子’吗……感觉这句话带了一点阴郁气息呢。”

我对此表示同意，但重点也不是那里。

两人继续往下看，然后相继叫出声来。

“……药品柜吗？”

“是药品柜哦。”

伊原环视了一圈地学教室，单手叉腰微微挺起胸膛。

“唔，看来不在这间教室里呢。”

“是啊。”

这我已经知道了。但是千反田却一下子惊慌失色了。

“咦！那，那么文集，文集……”

“小千，冷静点冷静点。”

小千是哪位啊？既然不是我，那当然是千反田了。小千……那个伊原居然会用这么可爱的叫法。那家伙的毒舌难道无法对千反田施展吗？也是，要对千反田口出恶言那确实不是一件容易的事情。

伊原努力地安慰着千反田，而我则是拿着老姐的信晃了几下。

“千反田，这封信上只是写了‘活动室的药品柜’而已。我的老姐两年前就毕业了，这段时间活动室换过地方那也没什么好奇怪的吧。”

“哦……原来是这样啊。”

“那么，折木，你知道两年前的活动室在哪里吗？”

算无遗策，我刚才正好有事去教师办公室，就顺便问来了。

“我问过顾问老师了，说是在生物教室。”

“真少见，你做事居然这么周到。”

“我只是讲究效率而已。”

“还真有干劲啊。”

才没这回事，我基本上是没干劲的。

“生物教室……在楼下啊。既然知道了，那就快点去吧。”

千反田话音刚落，就冲出了教室。

干劲是属于这家伙的专利。

正如千反田所说，生物教室就在地学教室的正下方。地学教室在特别大楼四楼的角落，是边境中的边境，而生物教室与地学教室的区别只不过是从四楼变成了三楼罢了，照样是位于校舍的边缘。我之前曾说过特别大楼在放学后到处都能看到学生，不过也有例外，地学教室周围没有其他社团的活动室，所以几乎是人迹罕至的。而生物教室的周围似乎也异曲同工，走廊上明明人来人往，但是一旦跨入只有生物教室与空教室的那个区域，就只剩我们几个人了。

途中，千反田打了好几个喷嚏。

“感冒很严重啊。”

“不劳您费心。只是喷嚏停不下来，呼吸有点困难而已……阿嚏！”

唔，怎么说呢，我觉得打喷嚏不痛快一点的话，会让人很不舒服的。从这点来看，她真不愧是大户人家的千金小姐，非常注重仪态。

走在前面的伊原像是想起什么似的，突然转过头来。

“折木你有钥匙吗？”

“没有，已经被借走了。”

“阿嚏！……被借走了吗？那么就表示有某个社团在使用生物教室吗？”

“应该是这样吧，只要不是被某个糊涂虫借走没还的话。”

“糊涂虫……折木同学，你这样说太过分了。”

我被千反田教训了。如果连这种程度的坏话都不能说，那么里志和伊原就要当哑巴了。我苦笑着摇了摇头，这时走廊墙边有个奇妙的东西跃入了我的视野之中。那是什么？千反田和伊原似乎都没注意到……那是一个小盒子。由于跟走廊的墙壁一样涂成了白色，所以不太显眼。我环视了一下四周，发现走廊的另一侧也有同样的盒子。是谁掉的东西吗？看起来不像是什么贵重物品，所以我就不去管它了。为了将价值不到一日元的东西捡起来，弯下腰去所消耗的能量是远远大于一日元的，这是节能主义者的常识。

我们来到生物教室的前面。千反田可能是认为没有敲门的必要吧，她迅速地拉了一下门，但是……

“咦？”

门没有开。

“打不开啊。”

“锁住了吧。”

两人的视线聚集到我的身上。千反田是不安的视线，而伊原则是冰冷的视线。就算你们这样看着我，我也没办法啊。

“呃，钥匙真的被借走了啊。打不开的话，那不关我的事啊。”

接着换伊原拉了一下门，当然只传出了撞击门锁的清脆声音。很巧的是，千反田说出了我想说的话：

“……又来了啊。”

没错，又来了。

“小千，什么叫又来了？”

“哦，那是四月时的事情了……”

神高的门似乎很喜欢跟我或者是千反田过不去。在千反田对伊原讲述四月那件事情的时候，我心想既然门打不开那也没办法，下次再来好了。

“……就是这么一回事。”

“嗬，折木还做了这样的事情啊。”

准备转身离去的我最后半开玩笑地对里面喊了一下：

“有人在吗？”

当然，我并没有期待得到回答。

但是令人意外的，居然传来了回应。那不是人的声音，而是门锁打开的沉重声响。

“嗯？”

然后，门从内部打开了。

站在那里的是一名穿着制服长裤和薄T恤的男子。他个头高大，看起来相当帅气。不过从气质来看，比起运动员更像知识分子。男子看了一下我们领口的学级徽章，客气地笑了。

“啊，抱歉，我把门给锁上了。你们是想加入壁报社吗？”

搞什么嘛，既然在那就快点开门啊。我的内心虽然这么想，但是说出来的则是另外一番话。

“这里是壁报社的活动室吗？”

“是啊。你们不是入社志愿者吗？”

男子走出教室，反手拉上了门。这时，我突然闻到了类似消毒酒精的气味，看来这位知识分子很注重除臭呢。他似乎不太喜欢我抽动鼻子的举动，一瞬间皱起了眉头，不过马上就又变得客客气气了。

“那么，你们到这里是有什么事？”

我们看了看彼此，身为社长的千反田向前踏出了一步。

“你好。我们是古籍研究社的人，我是社长千反田。你是三年E班的远垣内学长吧？”

名叫远垣内的男子疑惑地皱起了眉头。

“你为什么会知道我的名字？”

这是很正常的疑问。被不认识的人突然叫出自己的名字，一般人都会觉得很奇怪吧，正如我四月时的心境一样。而千反田也露出了当时对我展露过的笑容。

“因为我去年在万人桥先生的家里见过您。”

“万人桥的家……等一下，你刚才是说自己叫千反田吧。莫非是神田的千反田家？”

“是的。父亲一直承蒙您的关照。”

……唔，有种小社交界的感觉。千反田家虽然是名门，但毕竟是农业出身，我还以为在社交方面是不怎么擅长的。不过从眼前的景象看来，似乎并不是这么一回事。原来确实存在从自己的成长环境无法看到的世界啊。说起来，里志以前列举神山的名门望族时，是提到过远垣内家吧。

“啊啊，不，我才是承蒙关照了。这样啊，你是千反田家的……”

“是的……阿嚏！”

“你得了夏季感冒吗？这可不太好啊。嗯，请多保重。”

奇妙的是，远垣内一得知千反田是“富农千反田家”的千反田爱瑠，态度就变得古怪起来。尽管依旧是客客气气的，但是却好像静不下心来，视线飘移不定。他是在害怕千反田吗？我不是很清楚，莫非名门之间存在着明确的力量差距吗？也许是我的错觉，远垣内没有看向千反田，微微低着头说道：

“那么，你们有什么事？”

而千反田并没有注意到远垣内的异样，毫不在意地继续说道：

“嗯。其实我们听说古籍研究社的旧刊存放在这间生物教室里，这里以前似乎是古籍研究社的活动室。”

“……我一年级的时候好像是这样的。去年很多活动室都换过了。”

“那么，你知道古籍研究社的文集吗？”

远垣内停顿了一会，回答道：

“不，我没见过。”

默不作声地听着两人对话的伊原朝我使了个眼色，我轻轻地点了点头。只要具有一般程度的直觉，就能察觉到远垣内现在的态度非常可疑。

“这样啊……”

千反田拥有超乎常人的记忆力，但是在直觉方面却远逊于一般人，她心灰意懒地打起了退堂鼓，这时伊原插嘴了。

“那个，学长。能让我们进去找一下吗？”

“你是？”

“我是古籍研究社的伊原摩耶花。文集对远垣内学长来说是没有用的东西，所以说不定只是学长你没注意到而已。”

成果就在眼前，我可不想最后白跑一趟，所以也进行了支援。

“我们不会妨碍到您的。还是说，您正在里面做些什么事情吗？”

“拜托您了。”

“有劳学长了。”

面对我们的轮番攻击，远垣内逐渐面露难色。

“现在不太方便让外人进来……”

听到这句话，伊原露出一丝笑意。

“学长，这里不仅是社团活动室，同时也是教室吧？”

我强忍住笑意，伊原这句话的言外之意就是说远垣内学长并没有拒绝学生进入教室的权利。远垣内仍旧是犹豫不决，但是在伊原若无其事地往前踏出一步后，他最终还是屈服了。

“……知道了。好吧，你们就进来找吧。不过，请不要到处乱翻。”

壁报社社长打开了生物教室的门。

那是构造几乎与地学教室完全相同的房间，大小以及里面的摆设都没有太大区别。黑板、椅子、桌子、打扫用具的柜子……不同之处仅在于教室的角落多了一扇门，门上的牌子写着“生物准备室”。四楼的话，这个位置应该是仓库，不过是没办法从地学教室进去的。

然而奇怪的是，里面看不到壁报社的其他社员。我向远垣内询问了这点，他回答说：

“社员本来就只有四个人而已。今天社团并没有活动，我过来这里是为了构思KANYA祭特辑的题材。”

KANYA祭是在十月举行，距离开始还有两个半月左右啊。

“壁报社和校报社不太一样吗？”

千反田问了一个有些不合场面的问题，但远垣内还是亲切地做出了回答：

“神高有三种报纸：一种是隔月发行并会分发到各个教室的《清流》；一种是不定期张贴在学生会办公室前面的《神高学生会新闻》；还有一种是除了八月和十二月之外，每月都会贴在楼梯口前面的《神高月报》。我们社团制作的就是《神高月报》。”

“另外两种分别是哪里制作的啊？”

“《清流》是校报社，《神高学生会新闻》是学生会。我们壁报社是历史最悠久的。《神高月报》已经接近四百期了，另外两个都还不到一百期。”

四百期啊，壁报社的血脉还真是源远流长。这么说来，既然千反田的舅舅三十三年前是古籍研究社的社员，那么古籍研究社的历史最少也有三十三年。我的人生就算翻一倍也赶不上古籍研究社的历史啊。嗯，不过这是无关紧要的事情。

“看来不在这个房间里呢。”

伊原大致扫视了一圈，得出了这个结论。东西很少的生物教室几乎没有死角，而且负责查找的人是那个一丝不苟的伊原，应该是没可能会看漏的。那么，是在准备室吗？我一边转身面对准备室的门，一边问道：

“能让我们进准备室看一下吗？”

“……嗯，好的。”

听到我身后的远垣内作出许可，我就进入了准备室。纸张摩擦的沙沙声和马达的声响传入我的耳中。这是怎么回事呢？

准备室不出所料是个小房间，面积不到生物教室的三分之一。

那里原本应该是用来存放生物课的教学器材的，不过现在只有柜子里的几个显微镜还像那么回事，其他就没有什么相关的器材了。如果神高不是特别注重口头讲课的话，观察器材和实验器材应该是存放在其他地方吧。反倒是壁报社的各式用具喧宾夺主地占据了整个房间。

连外行人都能看得出其价值不菲的照相机，插着五颜六色各式笔杆的笔筒，杂乱无章地堆放着复印纸的纸板箱，还有小型的扬声器。而最为显眼的则是坐镇在狭小房间正中央的简易桌子。说是桌子，其实只是拿纸板箱叠成底座再盖上略厚的胶合板，非常简陋。在那上面摊着一张B1纸，写满了只有书写者本人才看得懂的缩写文字。一个铁铅笔盒压在了上面，大概是为了防止被风吹走吧。我听到的沙沙声就是那张B1纸被风吹动所发出的声响——风?

室内吹着风。房间里唯一的窗户被打开了，风是从室内往窗外吹。而制造出那股风的就是发出嗡嗡马达声的那个东西——隔着简易桌子，在窗户的对面有一台小型电风扇，由于位于层层叠叠的纸板箱之间，所以不容易被发现。风力被开到了最大。

被风吹动的东西还有一件，那就是挂在窗边的神高男学生夏季衬衫。似乎是被脱下来随手扔在了那里。

“……唔？”

“折木，怎样？”

我转过头去，发现千反田和伊原站在准备室的入口处。

啊啊，对了，总之先找找看有没有药品柜吧。

准备室尽管杂乱无章，不过就那么点大的一个地方，找起来并不费力。在我的所见范围内，看不到类似药品柜的东西。即使那个药品柜是老到锁都坏了的旧式柜子，体积也应该是相当大的，不太可能会看漏掉。

唔……

我双手交叉在胸前，向在不远处一直关注我们动向的远垣内询问道：

“学长你知道去年为什么要换活动室吗？”

“不太清楚。大概是有一些社团废社了吧。”

“请问你们社团搬进来的时候，曾经搬入或搬出什么东西吗？”

远垣内思考了一会，然后说道：

“……我记得搬了几个纸板箱进来。”

“纸板箱吗？”

“嗯。”

这样啊。那么，说不定就是这么回事了。我忘了远垣内家是哪方面的名门，不过他的家庭情况有可能正好符合我的假设。

我已经大致掌握到文集的所在了。但是要想到手的话，确实有点困难……对了，来试着套他话吧。我重新转向了远垣内。

“学长，这个房间里东西比较多，找起来挺麻烦的。如果您不介意的话，我想叫大出老师过来一起进行彻底的搜索，您意下如何呢？”

我一本正经地这样说道。远垣内的眉毛顿时猛地抖动了一下。

“……不行。我不是说了不要到处乱翻吗？”

“我会负起责任将所有东西恢复原状的，拜托您了。”

“我都说不行了啊！”

他的声音突然变粗暴了。

“啊，抱歉，远垣内学长。既然没有，那就算了，这也是没办法的事情。”

千反田带着鼻音拼命地打圆场，但是远垣内的声调越来越高了。

“我可是很忙的。在明天的编辑会议之前，我必须要想出一些点子才行。好不容易有了灵感，结果你们突然闯进来，还说什么要进行彻底的搜索。这里没有你们要找的文集，知道了就快点回去！”

然而，相对于远垣内激动的态度，我的内心却极为冷静。远垣内果然上钩了。

我注视着远垣内，勾起嘴角摆出友好的笑容。

“学长，我们是对药品柜里面的东西很感兴趣。”

“……你说什么？”

“在药品柜里面应该是有文集的，不过既然学长你说没有，那也没办法。只要把那个给我们的话，就不用劳烦学长了。”

接着我又厚着脸皮补充了一句，连我自己都觉得好笑。

“对了，学长。我们接下来要去图书室，如果在我们走了之后找到文集的话，能麻烦你帮忙放到地学教室里去吗？那里的门是开着的。”

对于我的提议，远垣内这下是真的怒火攻心了吧。那张理性的面容变得无比狰狞，狠狠地瞪着我。而我则是不以为意地视若无睹。古往今来，没有人会因为视线而受伤的。

“你，你竟然叫我……”

“我怎么了？”

远垣内说到一半把话吞了回去，真是了不起的自制力。

然后，他吐了一口气，脸上又恢复了先前的和善表情。

“知道了，如果有找到的话，我会这么做的。”

“麻烦你了……那么，我们走吧，千反田，伊原。”

她们估计是没能理解我和远垣内的对话吧，一直呆呆地愣在那里。我催促了一下她们，没必要必须待在这里了。

“喂，折木……”

“折木同学，现在是要……”

“等会儿再说。”

我简洁地说完，带着两人准备离开生物教室。

这时，从身后传来了声音。

“一年级的，我还不知道你的名字。”

我转过头去，有气无力地回答道：

“我叫折木奉太郎……很抱歉冒犯了学长。”

我站在连接特别大楼和普通大楼的通道上，随便地依靠在了走廊的墙壁上，同时对跟过来的那两人提议说在这里打发时间。

“折木，我不清楚是怎么回事，你不是说要去图书室吗？”

我摆了摆手。

“不去。用不着跑那么远。”

“真搞不懂你。既然没事了，那么我先回活动室去了。”

“不行。再稍微等一下比较好。”

仅仅是这么说，伊原八成是无法接受吧，不过她只是嘟囔了一句“你在耍什么鬼把戏啊”，最终还是听从了我的话。这时，抽着鼻子的千反田逼近过来。

“折木同学，远垣内学长很生气啊。”

“是吗？”

“对于我们制作文集来说，确实有旧刊会好很多，但是也用不着那么强硬地……”

千反田说到一半，却不知道该怎么继续了。这也难怪，因为我只提出了“让我们找东西”和“如果找到了麻烦帮忙拿过来”这两件要求而已。

“可是，可是，远垣内学长很生气啊。”

“是蛮生气的。”

伊原轻轻皱起眉头，来到千反田的旁边。

“不过啊，在折木拜托他让我们彻底搜索那个房间的时候，总觉得他生气的态度太过刻意了。”

哟，你发现了啊。

“是这样吗？”

千反田这家伙果然是没有注意到。

我看了一下走廊上的时钟。过去了三分钟吗……差不多到时候了吧。我站直身子离开墙壁，向千反田询问道：

“千反田，远垣内家是在哪个方面很有名？”

千反田疑惑地歪了歪小脑袋，估计是不明白我这个问题的用意吧，不过她还是告诉了我。

“远垣内吗？他们家族对中等教育有很大的影响力。家族成员中有一人在县教育委员会，一人在市教育委员会，还有一位校长和两位现任教师。”

原来如此。

“折木，文集怎么办啊？”

我说出了答案：

“差不多应该已经送到社团活动室里了吧？”

听到我的这句话，千反田与伊原不禁面面相觑。我淡淡地一笑。

我们回到了地学教室。

“哦，送来了啊。”

计划成功！几十本薄薄的笔记本一样的东西整整齐齐地叠放在了讲台上。我情不自禁地大喊一声：“太好了！”阴谋进展如此顺利，还真是一件痛快的事情啊。

“没想到居然真的送过来了啊。”

伊原跑到讲台旁边。她拿起那叠笔记本最上面的一本，一脸茫然地嘟囔道：

“……还真是文集啊……”

“咦，咦？给我看看，也给我看看！”

“折木，你是怎么做到的？你到底知道了些什么？”

伊原的语气很严肃，简直就是在谴责我。我心想再不告诉她们真相也不太好，于是坐到旁边的桌子上，说道：

“没什么，我只是稍微威胁了他一下。”

“威胁？壁报社的社长吗？”

“没错。伊原，你的口风够紧吗？”

听到我这么问，伊原立刻脸色一沉。

“我是觉得自己不算是长舌妇。”

“真不可靠。远垣内可是宁愿听任一年级学生差遣，也要死守这个秘密的。万一被泄露出去的话，那他就太可怜了。”

“我不会告诉任何的人……如果你不相信的话，那就别说了。”

伊原恼怒地说道。这态度不是装出来的，与千反田不同，伊原并不是以好奇心为最优先事项的。如果我说的事情会引起什么麻烦的话，那她就不会听——她是个能够做出这种判断的家伙。

算了，我只是例行公事叮嘱一下，伊原和千反田都不是多嘴的人。

“抱歉抱歉。话说伊原，你不觉得奇怪吗？为什么远垣内要把教室的门锁起来？”

伊原的表情依然冷漠。

“大概是不想被人打扰吧。他不是说在构思特辑的内容吗？”

“那么，准备室的情况你怎么看？窗户被打开了，电风扇在不停地吹。”

“他很怕热吧。”

“那么，只要把电风扇放在窗边就好了。然而，电风扇却是正对着窗户。在那个位置的话，铁铅笔盒只要稍有移动，桌上的B1纸就很可能会被吹走的。”

伊原烦躁地搔了搔头。

“那又怎样啊？”

“你还不明白吗？远垣内究竟想做什么呢？”

“你都说了那么多，我当然知道啊。不就是通风吗？他是想让室内的空气流通吧。”

我竖起大拇指，表达了对伊原的赞许。不过受到夸奖的伊原本人却毫不领情地别开了视线。

“那么，他为什么会想要通风呢？我说得更具体一点吧。为什么生于教育世家的远垣内一个人躲在上了锁的活动室里，还设置了红外线感应器呢？”

“等，等一下！红外线感应器是怎么回事啊！你间谍小说看太多了吗？”

啊，我没和她们说过吗？

“你没看过玩具店的广告吗？这年头买红外线警铃设备，五千日元都不要呢。”

“哪里有那样的东西啊？”

“三楼的走廊，就在快到壁报社的那个区域，用白色的盒子做了伪装。当然，仅仅这样是无法判断的，不过根据其他的状况证据，再加上准备室里的扬声器，我估计应该就是这一类东西。”

伊原眉头紧锁。

“你果然是个怪人。”

“我可是典型的普通人啊……我说到哪里了呢？啊啊对了，他设置了红外线感应器为了提早发现有人到来，并且到有人的到来的时候，不惜冒着B1纸被吹走的风险让房间通风。这代表了什么呢，伊原？”

听到我的问题，伊原陷入了沉思。我在一旁静静地等待着。

过了一会，她一反平日的毒舌，用柔和的声音回答道：

“……气味吗？”

我轻轻地拍了两三下手。

“没错，想要消除气味是最合理的答案吧。这样一想，他身上除臭剂的酒精味应该也不是因为洁癖的关系。他费尽心机想要消除的气味是什么呢？他也不像是用了什么危险的药物吧。”

“那也就是说……”

“没错。我认为是香烟……虽然他做的准备对于抽烟这种事情来说有些过于周到了，不过考虑到远垣内家是教育界名门世家，他确实极有可能倾尽一切办法避免自己的违规行为被发现。更何况远垣内家还与高中教育息息相关。在当今社会，医生、教师和警察就算只是打个哈欠，都会被人说三道四呢。”

“……原来如此。如果真是这样的话，那个人也相当辛苦啊。”

确实，我也是这么觉得。一旦处境不同，所遇到的问题也会不同吧。回想起来，远垣内知道千反田是千反田家的大小姐时，之所以会那么慌张，多半是怕自己的所作所为万一在同为名门望族的人面前曝光，会导致更严重的后果吧。或者是，他知道千反田的感官很敏锐？如果千反田没有感冒的话，不管远垣内再怎么通风除臭，甚至脱下上衣以防万一，凭千反田的嗅觉一定能够很快戳破事实的。

“不过，我是很难理解他为什么不惜如此大张旗鼓地善后也要在学校里抽烟。总之就是这样啦，你明白了吗？”

听到我这么说，伊原的眼神起了变化。那是她的真髓——冰冻视线。

“我不是问你远垣内学长做了什么，而是问你为什么文集会在这里。我现在知道了折木你用香烟这件事情威胁学长，让他把文集拿到这里来。但是，学长为什么要把文集藏起来啊？最基本的问题，文集到底是在哪里啊？”

对哦，我忘记说了。于是我直截了当地说道：

“就在药品柜里呀。”

“折木，你耍我啊？”

“我，我没有耍你啦。问题在于药品柜究竟在哪里……远垣内说他们换社团活动室的时候只搬进来几个纸板箱。关于这一点，远垣内没有说谎的理由，所以应该就是这样吧。那么，就代表药品柜是在那个房间里。”

“但是我没看到啊。”

“不是没有，而是没办法看到。药品柜也被藏起来了……不，他真正要藏的是药品柜，而不是文集。”

我停顿了一下，好让伊原彻底理解我所说的意思，然后才继续往下说。

“从结果来看，也可以说他把文集藏起来了。至于他为什么要藏药品柜，那自然也跟香烟有关。在那个房间里，我没有看到香烟、打火机还有烟灰缸，估计是全都放在药品柜里面了。我说出‘和大出老师一起来找’这句话的时候，你看到了远垣内的表情吧？药品柜的场所没什么好说的，应该就是在简易桌子的下面吧。用纸板箱遮挡起来了。”

说完，我叹了一口气。

我对远垣内做了坏事。我并非想进行不平等交易，但是不管怎么说，我确实拆穿了他想要隐瞒的事情。每个人都有自己的苦衷，乘虚而入的我真不是个好东西啊。希望他能想开一点，就当做是自己运气不好。

我没搭理嘴里还在念念有词的伊原，发现原本应该对这类事情最感兴趣的家伙现在却很安静，于是转过头去。

“千反田？”

千反田在看放在讲台上的文集。她没有翻开，只是一心一意地注视着封面。那认真的眼神让我回想起上次在“菠萝三明治”会面时的情况。看这情形，她应该完全没听到我刚才说了些什么吧。

“怎么了，千反田？”

我叫了一下她，她却依旧是没有反应。无可奈何之下，我只好站起身来拍了拍她的肩膀。

“怎么了啊？”

“啊，折木同学……你看这个。”

千反田将文集递给了我。文集的长宽近似大学笔记本，页数不多，是最普通的骑马订装订。不过可能是委托了优秀的印刷厂吧，制作得相当精美。封面是皮革般的浅褐色，上面以类似鸟兽戏画（**注：鸟兽戏画是京都高山寺代代相传的绘卷，共有甲乙丙丁四卷。日本文化财保护法指定的国宝。其内容反映当时的社会，将动物、人物以讽刺画的形式描画，是日本戏画即讽刺画的集大成之作。因为其中部分的手法与现代的日本漫画手法有相似之处，鸟兽戏画也常被称为日本最古老的漫画**）的夸张水墨画风格画了狗和兔子。

好几只兔子围成一圈，圈内有一只狗和一只兔子在互咬。狗的牙齿将兔子咬得遍体鳞伤，兔子锐利的门牙深深地插在了狗的脖子里。因为画风夸张的关系，看起来并不残忍，但是滑稽中仍带有一种令人感到毛骨悚然的气息。有句话叫“狡兔死，走狗烹”，而这幅图则是狡兔与走狗相争。至于围绕在外面的兔子们则模样可爱地望着它们……

图的上方以平凡无奇的明体字印着“冰菓 第二期”。印刷年份是一九六八年……好久远，而且这个标题……

“冰菓……”

这是文集的名字?

“好怪的名字。”

伊原探过我的肩头看了过来。

“是啊，真是莫名其妙的名字。”

我表示了同意。

在听到KANYA祭这个名字的时候我就想过，事物的名字都是有一定意义的。尤其是文集这种东西，取名的时候就必须考虑到内容与名字的关联性。但是,“古籍研究社的文集”与“冰菓”，我无法在两者之间找出关联性来。就算古籍研究社是目的不明的谜之社团，这个名字也太莫名其妙了吧。算是对社团的贴切评价吗?

我指着封面上的图，向伊原问道：

“作为漫研的人，伊原你觉得这个封面怎么样？”

“画得很好。虽然完全无视了基本的构图和远近法，但我还是觉得画得很好……不对,不能说画得很好,应该是符合我的喜好吧。”

我微微吃了一惊。伊原如此坦率地讲述自己的好恶，这可是非常罕见的事情啊。这就表示这个封面给伊原留下了很深的印象吧。不过，她似乎不允许自己只用一句“喜欢”来做结论，将“冰菓”还给我后，嘀嘀咕咕地开始了自我解析。

“嗯，算是喜欢吧。并不是很美丽……有一种震撼人心的魄力。不是艺术技巧，而是在于表现手法……”

我看了一下千反田，原本以为她会因为梦寐以求的旧刊终于到手，而感动到浑身发抖的，结果并没有。她一直面无表情，看不出是喜还是忧，仿佛感情全被吸血鬼给吸走了一样。

我又问了一次：

“千反田，有什么问题吗？”

听到我这么问，千反田将我拉到了教室的角落。

“就是这个。”

“什么啊？”

大小姐的脸庞沐浴在橘红色的阳光之下，带上了一点点阴影。她清纯的面容依旧，但是双眼却没有了好奇心的光芒。然后，她有如吐露秘密似的轻声说道：

“我当年找到并拿给舅舅看的就是这个。我就是拿着这个去问舅舅的。”

哦。

“你回想起来了吗？”

千反田没有回答，而是指着我手上拿着的《冰菓 第二期》。

“上面提到了我的舅舅。古籍研究社在三十三年前发生了某件事情……你翻开封面看看吧。”

我照她所说翻开一页，上面刊载着序文，内容如下：

序

又到了文化祭的时期。

距离关谷学长的离去已经过去了一年。

在这一年时间里，学长从英雄变成了传说。今年的文化祭也会盛大地举办整整五天。

但是，在传说传得沸沸扬扬的校舍一角，我却在想：十年后，有人会记得那位安静的斗士、善良的英雄吗？学长命名的这个“冰菓”能一直延续下去吗？

纷争、牺牲，还有学长的那个微笑，全都会随着时光而流逝。

不，这样才好。无需记住，因为那决不能称之为英雄事迹。

一切都将不再主观，在漫漫的历史长河之中化为古籍的一页。

有朝一日，现在的我们也会成为未来某人手中古籍的一页吧。

一九六八年　十月十三日

郡山养子

“这是……”

“这里提到的去年就是三十三年前。那么，古籍研究社的关谷前辈就是我的舅舅吧。舅舅究竟发生了什么事呢？而舅舅告诉我的答案是与古籍研究社有关的……”

我笑了，没有多想千反田为什么没有笑容。

“这不是很好吗？全部解决了吧？”

听到我这句话，千反田脸上的表情突然黯淡了下来。她挤出细微的声音说道：

“但是，我想不起来啊。明明只差一点了，只差一点了！我的记忆力就这么糟糕吗？那一天，舅舅对我说了什么？三十三年前，舅舅到底发生了什么？”

她的声音含糊不清，不知道是因为鼻音还是哽咽。

千反田……

我开口了：

“那就调查看看吧。”

那应该不是冷漠的语气。

背朝夕阳的千反田递给我的《冰菓 第二期》里有篇三十二年前的序文。上面提到了关谷纯给文集取了“冰菓”这么一个古怪的名字，以及被人们遗忘的事情。

这是个好机会，是在黑暗中摸索时遇到了从天而降的光芒。我深信，如果千反田想要找回过去的话，这将是最有力的线索。所以，我再次说道：

“那就调查看看吧，去查出三十三年前的事情。”

“可是……”

千反田皱起了眉头。

“上面写了无需记住。”

我对她的胆怯感到意外。

“你不是想要回忆起来吗？”

“那当然了。但是，如果进行调查的话……”

她吞吞吐吐地说道：

“……如果进行调查的话，说不定会发生不幸的事情。这世上有些事情忘掉会比较好，不是吗？”

“……”

那是因为千反田你太善良了吧。

“包括三十三年前的事情吗？”

“不是吗？”

我摇了摇头。

“不对。这里不是写了吗？‘一切都将不再主观，在漫漫的历史长河之中化为古籍的一页’。”

“……”

“这就表示已经过了时效啦。”

我刻意挤出了笑容。千反田虽然没有跟着我一起笑，不过还是缓缓地点了点头。

“……是的。”

而且——

我脸上堆着笑容，内心也在暗自窃笑。而且所谓的调查其实花不了太多工夫，既然第二期上面写了“去年的事情”，那么关谷遭遇的事情肯定会写在创刊号上面的。一下子就能解决问题。当解决问题要比回避问题更轻松的时候，该选择哪边那自然是不言而喻。

……但是我太天真了。之前一直默默翻着那叠文集的伊原突然不满地大喊道：

“这算什么，唯独缺少了创刊号啊！”

我过了好一会儿，才理解了她这句话的意思。

光荣的古籍研究社之往昔

冰菓

The niece of time

暑假，七月底。我沿着熟悉的道路，骑着自行车前往神高。这段路徒步也只需要二十分钟，骑自行车的话不一会就到了。途中经过自动售货机时，我和平时一样买了一罐黑咖啡小歇片刻。沿着河畔前进一段距离，从医院旁边拐过去，就能看到神高了。然后在下一秒，我不禁愣在当场。

现在可是暑假啊。

操场上到处都是身穿夏季制服的学生，他们在组装着大型道具。还能听见管乐器、电吉他、尺八的演奏旋律。即使是在我现在的距离，都能清楚了解到特别大楼里有很多学生。他们的目的无需多说，自然是在准备KANYA祭。神高进入暑假后，大家的情绪更为高涨了。校舍里蚁群攒动般的情景仿佛是在宣告："快来准备吧，庆典就快到来了！趁着没有课业干扰，一口气解决掉！"

我望着那些精力充沛的学生好一阵子，这时有个人从楼梯口小跑步过来。是福部里志。他穿的是便服，短袖、短裤再加上小型登山包，是非常休闲的打扮。

"哟。"

"抱歉，等很久了吗？"

在中庭练习发声的学生们被里志那恶心的声音吓得转头望过来。一时之间，我真想掉转车头逃之夭夭，不过最后还是勉强忍耐住了。作为回击，我朝跑过来的里志踢了一脚，让他付出了代价。

“哇，你干吗啊，奉太郎？突然来这么一下，很危险的啦。”

“少废话，难道你就没有羞耻心以及维持公共秩序、良好风俗的观念吗？”

里志耸了耸肩。

看来是没有了。

“抱歉，手工艺社的会议拖太久了。”

“你们在搞什么啊？”

“今年的KANYA祭，手工艺社要制作曼陀罗绒毯。由于发生了一点问题，所以我们在召开对策会议。”

那还真是辛苦呢。不只是你，还有之前遇到的远垣内，以及这里的几百名神高学生。

“那么，你的资料准备好了吗？”

我嘲讽似的说道。里志却针锋相对地回话道：

“奉太郎你才是。你应该很不习惯这种事情吧，找到什么好料了吗？”

我不满地想着明明是我先提问的，同时回答道：

“嗯，算是吧。”

“嚯，还真少见啊。我还以为奉太郎会随便糊弄过去就好了……我去拿自行车，你稍微等我一下。”

没礼貌的里志说完后就一路小跑地冲向了自行车停车场。

为什么我在宝贵的暑假要做睡懒觉以外的事情啊，而且还是和里志碰头这种苦差事。要解释这件事情的来龙去脉，就要将时间回溯到一个星期前。就是我们拿到“冰菓”、发现与关谷纯有关的信息、却找不到关键的创刊号的那一天。既然没有创刊号，那事情就不一样了，这么麻烦的事情我可管不过来啊——然而为时已晚，这世上没有后悔药可以吃，我发现自己早就渡过了卢比孔河。（**注：“渡过卢比孔河”是西方一句很有名的成语，有“破釜沉舟”的意思。源自于公元前49年，恺撒破除将领不得带兵渡过卢比孔河的禁忌，带兵进军罗马与格奈乌斯·庞培展开内战，并最终获胜的典故。**）

我知道自己一定没办法说服激动的千反田，所以就提出了妥协方案。真要调查过去的话，只靠我们两个人是不够的。古人也说了，三个臭皮匠顶个诸葛亮。也许你会觉得很痛苦，但是至少借助一下里志和伊原的力量吧，不然很难保证调查会进展顺利。结果，千反田很干脆地点头同意了。

“你说的没错。”

她在“菠萝三明治”的时候明明那么不愿意被别人知道自己的秘密，现在却这么干脆地应承下来了，我不禁愣了一下。是因为她认识到了寻求援助的必要性吗？还是说面对实实在在的线索，她也顾不得体面了？或者说只是大小姐的心血来潮？对此我无从判断，总之在第二天，我们召开了古籍研究社紧急会议。

在那个会议上，千反田简明扼要地将对我说过的话重复了一遍，然后表明：

“我很好奇，我的舅舅在三十三年前到底发生了什么事情。”

听完之后，伊原马上同意进行协助，并表示：

“那个封面让我很感兴趣。如果能够解读出其中的含义，说不定能用到漫研的原稿上去。”

“我们这些三十三年后的后辈来破解虚假的英雄事迹吗？我正好在调查那个时期的事情。”

里志也举双手赞成。我知道自己反正没有拒绝的权利，所以懒得发言，不过既然有机会，还是说一下吧。

“正好文集的题材也还没定下来。如果调查有了结果，我们就删去关于千反田的部分，直接把这段事迹拿来当做题材，那就省事……不，是一石二鸟……啊，不，应该能制作成一部精彩的文集吧。”

这个非常积极并且充满节能精神的提议得到全场一致认同，于是调查三十三年前的古籍研究社和神山高中便成了我们古籍研究社全体社员的首要课题。

里志的自行车是山地车。他一穿上短裤，就能看出他的双腿肌肉发达，不符合他纤瘦矮小的整体形象。我很清楚，里志尽管在知识方面十分多样化，不过在运动方面却只钟情于骑自行车。

顺便一提，我的自行车是所谓的坤车，没有什么值得特别提及的地方。

我们沿着河边道路朝上游骑去，穿过城区，在住宅之间的农田地带暂时停车，到烟草店的屋檐下躲避火辣的阳光。我拿出背包里的毛巾擦了一把汗，稍事休息。

啊啊，这汗流得真畅快啊。

我才不会有这种想法。我只是在想，为什么人类不采取行动就无法达成目的呢。我的情报革命还未成功，同志们仍需为我努力啊。

“里志，还很远吗？”

里志将手帕放到口袋里，回答道：

“唔，差不多还要十分钟吧。当然是按照奉太郎的速度。”

然后他笑着说：

“你看了一定会吃惊的。千反田家的宅邸在整个神山市里也是顶级的。”

那真是让人期待啊。我一定要问一下他们大扫除有多辛苦。我再次擦了一下汗，然后将毛巾丢到篮子里，跨上了车。

骑出去后，负责带路的里志马上抄到了前面。在经过了几个路口之后，里志放慢速度与我并肩骑行，接下来大概只要直走就好了吧。不知不觉间，道路的两旁变成了田地。

里志轻轻松松地踩着踏板，心情好得仿佛要哼出歌来一般。微笑是里志的基本表情，不过他今天显得更加爽朗。我见状不禁想要问个明白。

“里志。”

“嗯？”

“你好像很开心嘛。”

里志没有看向我，快活地说道：

“那当然开心啦。骑自行车很符合我的兴趣。蓝天！白云！虽然老套，但除此之外没有更贴切的词语来形容这片天空了，我们在这样的天空下面，凭借自己的脚力骑行。能够与这个快感比肩的就只有……”

我坚定地打断了里志的玩笑。

“不是，我是说你的高中生活。”

里志顿时露出一脸无趣的表情，回答道：

“哦……你是说玫瑰色的事情吧。”

这家伙记得还真清楚，那已经是三个月前的事情了。里志似乎放慢了一点速度，然后依旧面朝前方，继续说道：

“奉太郎，我这个人啊，不管周围是怎样，基本属性都是玫瑰色的。”

“不，我觉得倒不如说是艳桃红吧。”

“哈哈，这个挺不错的。而按照这个说法，奉太郎你是灰色哦。”

“之前听你说过了。”

我的语气不知不觉变得冷淡，不过里志毫不在意，仍旧是一副逍遥自在的样子。

“是吗？那我说过这句话吗——我并不是为了贬低奉太郎才说你是灰色的。”

“……”

“比方说，我的基本属性是艳桃红，别人想把我染成玫瑰色那也是不行了。我不会允许自己被染色。”

我调侃着面带笑容的他说：

“是吗？搞不好已经被染色了吧？”

“那是不可能的！”

里志用出人意料的坚定口吻断言道：

“什么啊，奉太郎。你是因为我身兼总务委员和手工艺社社员而大为活跃才这么说吗？开什么玩笑。帮忙制订KANYA祭的日程表，缝制曼陀罗绒毯，那都是我的兴趣。不然的话，谁会在星期天甚至暑假放弃骑车的快感跑到学校来啊。”

“不会来吗？”

“如果社交上有需要的话，我还是会付出自己的技能与劳动力的。其实奉太郎你也是一样的吧？就算有人挥舞着‘全体玫瑰色！’的旗子，你也不会变成玫瑰色。”

他说到这里，稍微停顿了一下，接着用比较平静的口气说道：

“我贬低人的时候，会说‘你是无色的’。”

说完后，里志便沉默了。我全身沐浴在阳光下，回味着里志的话语。

“……”

然后板起了面孔。

“我可没有想要被你喜欢。”

“说的也是。”

里志又笑出了声，接着说道：

“奉太郎，看到了哦。那就是千反田家的宅邸。”

建于辽阔田地之间的千反田家确实无愧于宅邸之名。日式平房被篱笆所包围，庭院传来潺潺水声，应该是设有水池吧。不过，从外面只能看到修剪整齐的松树。敞开的大门前面洒了一些水。

“怎样，很气派吧！”

里志提起胸膛，就像是在炫耀自己家一样。但是很遗憾，无论是对于日式房屋还是日本庭园，我都没有相应的造诣，所以不清楚这个宅邸究竟有多么了不起。唯一的感想就是没有刻意营造出华美风雅这一点很不错。

宅邸的鉴赏就到此为止吧，我看了下手表。正好到了约定的时间……不对，稍微迟到了一点啊。

“走吧，千反田她们在等我们呢。”

“啊，对哦。奉太郎。”

“干吗？”

“没有佣人出来接我们吗？”

我无视了他，自顾自地穿过大门，踩上踏脚石，按了玄关外的门铃。

“……来了。”

过了一会，千反田爱瑠本人从里面拉开了门。夏季感冒已经痊愈了吧，她的声音如同以往一样通透。她的头发没有绑起来，而是随性地披着，身上穿的嫩绿色连衣裙也挺适合她的。

“你们总算来了啊。”

我听到里志轻轻地咂了一下舌，可能是对没有佣人出来而感到不满吧。我们在铺石的玄关口脱下鞋子，跟在千反田身后走在了木板走廊上。

“你们把自行车停在哪里了？”

“应该是要停在哪里？”

“无论停哪里都没关系。”

那你为什么还要问啊？

我们在她的带领下来到有两扇纸门的房间。将纸门全部打开的话，风就会吹进来，让人感到非常凉爽。而且天花板很高，这更是增添了凉快的氛围吧。面积……大概是十张榻榻米那么大吧。很宽敞。

“你们真慢。”

伊原已经在里面了。她可能是先去学校办了什么公事吧，只有她一个人穿着学校制服。闪烁着微弱光芒的焦褐色桌面上早已摆了一些资料，应该都是伊原的吧，这家伙还真有干劲啊。

“请随便坐。”

在千反田的催促下，我坐到了伊原的正对面。由于千反田是坐在主座上，所以里志只好坐了唯一空着的上座。像他这么不适合坐在壁龛前的男人还真罕见。里志从自己的束口袋里拿出几张复印件，伊原准备齐全地玩弄着笔，千反田则是将装有一叠纸张的盆子放到了桌子上。

“那么……”

千反田说道：

“探讨会开始吧。”

全员不约而同地行了个礼。

主持人自然是千反田。毕竟她是社长，没人对此有异议。

“首先，我们来确认一下这次会议的目的。事情的开端是因为我的私人回忆。然后，由于前不久发现了《冰菓》，了解到我的回忆也许跟古籍研究社三十三年前发生的事情有关。会议的目的是推断出三十三年前究竟发生了什么事情。并且，如果掌握到相关事实的话，就拿来当做今年古籍研究社文集的题材。”

伊原主要是对那个封面很感兴趣，而并非事件本身，不过她对此并没有什么不满。是因为她觉得那个奇妙的封面是由事件衍生出来的呢？还是说她和千反田之间已经提前谈妥了？

“在这一个星期里，我们分头找了很多资料。今天在这里，想请大家报告各自的调查结果，从中拼凑出‘三十三年前’的样貌，推导出矛盾比较少、尽可能合理的结论。这就是我们今天的目的。”

啊呀，是这样吗？千反田之前只是让我把资料带过来。似乎并没有提到推论的事情……我瞄了一眼里志和伊原，发现他们的表情没有丝毫动摇。看来是我听漏了，真糟糕。算了，总有办法杀出一条血路的，事到如今也只有硬着头皮上了。

千反田手上并没有类似会议流程表的东西，她一边依次看向我们每个人，一边流利地进行说明。

“关于讨论的顺序，我想采取的方式是，先分发资料，然后由该资料的搜集者进行报告。报告完了之后，大家可以进行提问。如果都没问题了的话，那么报告者就开始提出自己的假设，然后大家一起讨论那个假设。报告时禁止发问……这是为了防止场面变得混乱。那么，就请第一位开始报告吧。”

她的主持相当得体啊。算是意外的才能吧。

不对，千反田自己也说了她习惯以系统化思维来处理事情，所以擅长制订规则也没有什么不可思议的。

“那么第一位开始报告的是……咦？”

“小千，从谁开始啊？”

“唔，从谁开始比较好呢？”

……然后在这种莫名其妙的地方出了纰漏。该说她太单纯了呢？还是说她连行动都系统化了呢？看到千反田惊慌失措的样子，我忍不住开口说道：

“不管是谁都可以吧。千反田，就从你开始好了。”

一般来说，主持人是不会发表报告的，但是不管怎样，在这件事情上千反田是不可能置身事外的。既然如此，由千反田最先做出示范也能让会议的进展更为顺畅。

“好的，就这样吧。那么……从我开始，按照顺时针的顺序来进行报告吧。”

她说着，开始分发盆子里的复印件。

我一眼就看出那是这起调查的源头，也就是古籍研究社文集

《冰菓 第二期》的序文。原来如此，她打算脚踏实地从原点来展开攻略啊，这的确很像她的作风。我重新看了一遍曾经看过的文章。

序

又到了文化祭的时期。

距离关谷学长的离去已经过去了一年。

在这一年时间里，学长从英雄变成了传说。今年的文化祭也会盛大地举办整整五天。

但是，在传说传得沸沸扬扬的校舍一角，我却在想：十年后，有人会记得那位安静的斗士、善良的英雄吗？学长命名的这个“冰菓”能一直延续下去吗？

纷争、牺牲，还有学长的那个微笑，全都会随着时光而流逝。

不，这样才好。无需记住，因为那决不能称之为英雄事迹。

一切都将不再主观，在漫漫的历史长河之中化为古籍的一页。

有朝一日，现在的我们也会成为未来某人手中古籍的一页吧。

一九六八年十月十三日

郡山养子

千反田咳嗽了一下，开始进行说明。

“我搜查的资料就是‘冰菓’本身。除了我们必须掌握‘冰菓’的历年题材有怎样的倾向之外，我还考虑到这篇序文里提到的事情说不定也曾在其他地方提到过。但是很遗憾，所有的文章里面只有这篇序文提到了三十三年前的事情。不过，这样一来我们只需要集中精神解读这篇文章就可以了，当然如果有创刊号的话，那就最好不过了……总之，我将这篇文章的要点都整理好并打印出来了。”

她又发给我们一张纸。

一、“学长”的离去（离开哪里？）

二、“学长”在三十三年前是英雄，在三十二年前变成了传说

三、“学长”是“安静的斗士”、“善良的英雄”

四、“学长”将文集命名为“冰菓”

五、有过纷争与牺牲（牺牲＝“学长”？）

“嚯。”

相当简明扼要，我忍不住发出感叹的声音。仔细想想，千反田不仅是好奇心的化身，也是个成绩优秀的好学生。如果不擅长抓重点的话，是没办法在考试中获取高分的。

她等待大家将纸上的内容大致看完，重新开始了说明。

“首先是第一点，‘学长’也就是我舅舅从神山高中辍学了，最终学历是初中毕业。对于这个论点，大家有什么疑问吗？”

关谷纯从神山高中辍学了。对于千反田若无其事地说出来的新事实，我没有太过惊讶。在序文里看到“关谷学长的离去”这段文字时，我就预料到大概就是这样的情况了。

话说，千反田没办法通过亲戚的关系了解到舅舅辍学的原因吗？……唔，应该不行吧。不然的话，她肯定早就这样做了。说起来，她在“菠萝三明治”的时候也提到过，关谷家和千反田家关系变得疏远了。

“接下来是第二点，我觉得这只是显示了一个普遍现象而已，随着时间的流逝，事情被渲染得越来越夸张。第三点则很有趣，先不管善良、安静这些形容，我们可以从中得知‘学长’是‘斗士’，是‘英雄’。那么就代表他在与什么东西战斗吧。这也符合了第五点。当时有过纷争，于是‘学长’成为了斗士，成为了英雄，并且最后牺牲了。第四点……我虽然很好奇，不过并不是目前需要解决的问题。我的报告到此为止，有人要提问吗？”

我不觉得她叙述的内容里有什么特别奇怪的地方，所以就没有发问。

平时只有怪人（也就是里志）会在课堂上发问吧，不过像这样寥寥数人的小会议，而且大家又都是熟人，就不需要顾虑再三了。伊原马上就进行了发言。

“请问，为什么将‘那决不能称之为英雄事迹’这一段彻底无视了？”

我看到里志嘴里念念有词，似乎是对于这个问题的答案了然于心。不过，他在这种时候特别遵守礼节，并没有出声打乱千反田的步调。

而千反田显然早就预料到会有这个问题，马上做出了回答：

“因为那是书写者的个人观感。算不算是英雄事迹，每个人的看法都会有所不同。”

“而且啊。”

等千反田陈述完毕后，里志进行了补充。

“这句话也可能包含了‘并不是英雄事迹那样帅气的事情，而是更为苦不堪言的战斗’这样的意思。我觉得将个人感观排除在讨论之外，是非常正确的做法。”

伊原似乎是接受了他们的说法。

除此之外就没有其他提问了。

“那么，我接下来就开始说自己的假设吧。”

千反田的语气并非自信十足，但也没有忐忑不安，和平时没有任何区别。她的手上连张草稿都没有。

“我舅舅在和某个对象战斗。然后，从高中辍学了。虽然还不能确定，不过认为战斗的结果导致他离开了学校，应该是比较合理吧。除了刚才的五点之外，我又想到了一点，就是‘已经过去了一年’这个地方。

“也就是说，伯父的辍学是在KANYA祭的一年前，同样也是KANYA祭的时期。话说，我从神山商业高中的朋友那听说了一件事情，说是去年神商的文化祭发生了某起事件。”

里志朗声说道：

“是破坏文化祭那件事吧。听说有人在暗地恐吓摆摊的学生，把营业收入全部卷走了。”

千反田点了点头。

“我听说凡是组织就必有反抗分子。文化祭、体育祭、毕业典礼等等，一般来说都会有些人反感这些例行活动吧？另外，请看神高学生手册的第二十四页。”

但是没有人把学生手册拿出来。这是理所当然的事情，谁会没事随身携带那玩意啊。

“……怎么了？”

“不好意思，学生手册放在家里了。那上面写了什么啊？”

“……莫非你们平时都不把学生手册带在身边的吗？啊，不，没什么。那上面是这样写的，‘严禁暴力’。所以，我的假设就是——”

千反田语气不变地继续说道。

“那一年的KANYA祭很不幸被试图破坏文化祭的人给盯上了，而我舅舅则用武力手段和他们进行了对抗吧。尽管我舅舅因此成为了英雄，但是他必须为使用暴力负起责任，所以被学校开除了，于是对此感到悲愤的学妹就写下了这篇序文。你们觉得这个假设合理吗？”

……唔……

我几乎是和里志同时开口的。

“驳回。”

“抱歉啦，千反田。”

伊原则是一脸若有所思地看着我们，而不是千反田。

而千反田尽管同时遭到两个人反对，却连眉毛都没有动一下。看到她这个样子，我察觉到她并不打算坚守自己的论点。她完全不在乎拿自己的论点来抛砖引玉，这种态度真让人佩服啊。“不行吗？请告诉我理由。”

千反田平静地询问道。我从正面注视着她，耸了耸肩膀说道：

“你提到了有组织就会有反抗分子，但是破坏文化祭这种事情没有利益的话是不会有人做的。千反田，你最开始说要制作文集的时候，我说了什么反对意见你还记得吗？”

千反田的视线在空中徘徊了一下。

“文集太费工夫了。”

“我说了这样的话啊。还有呢？”

“还有吗？唔……你还说只靠三个人是做不出像样的东西来的。但是，我们有四个人呀。”

……我该夸赞一下她的记忆力吗？我自己都不记得说过这样的

话。我承认她实在是了不起，居然能记得这么清楚。但是千反田啊，我说那话的时候社员应该只有三个人吧。

“还有吗？”

“……你说还有其他方法，比如……”

千反田总算领会到我的意思了吧，她用手掌往胸前一拍。

“摆摊对吧。你提议说在文化祭上摆摊。对此，我表示——”

“你说神高的文化祭一向禁止摆摊。这句话我也记得。那么，KANYA祭上面几乎不会有金钱的流动。这样一来，就不是什么值得大动干戈过来搞破坏的活动了。”

但是，千反田似乎不太接受我的反驳，歪着脑袋摆出她的标志动作说道：

“那只是可能性的问题吧？”

“怎么说？”

“确实，没有金钱利益的话的话，大部分人都是不会行动的，但是我觉得一定还是有例外的。”

唔。

……说的也是。既然她都这么讲了，那我就无话可说了。

里志笑了。

“真丢脸啊，奉太郎。光凭你的这套说法，千反田同学当然没办法接受啊。”

“嚯，那么就麻烦你来解释一下吧。”

“不需要你来激将，我正准备讲呢。”

里志说着，刻意地咳嗽了一下。

“组织的反抗分子是普遍存在的，千反田同学的这个说法很有趣。我也觉得应该是这样吧。但是，对抗也是存在着潮流的。

“破坏活动确实是很常见的事情。最近的对抗模式都是以利益主义为主，所以没有利益的破坏相当少见，不过也并非彻底没有。但是啊，换成三十三年前的话，千反田同学你的这个假设不仅奇怪，甚至可以说是绝对不可能的。”

潮流？模式？

这家伙在说些什么啊，我完全是丈二和尚摸不着头脑了。伊原和千反田也呆若木鸡。

“……为什么？”

里志停下来卖起关子，直到伊原催促了一下之后，他才满意地点了点头。

“嗯，说三十三年前可能不太好理解，我说一九六〇年代你们就明白了吧。”

里志一副得意洋洋的样子。与里志较量知识只会是白费力气而已，所以我平时从来没兴趣进行这种尝试。不过看到他的兴致如此高昂，我不禁有点想让他出糗了。然而很遗憾，我对历史一点都不熟。

“摩耶花，怎么样，想到了什么吗？”

伊原也想不出来吧，她轻轻地举起双手投降了。

“抱歉，阿福，我想不出来。”

“是吗？东京，国会议事堂……还是不知道吗？标语牌，游行示威……唔，你们还是不明白啊？就是学生运动啦。”

“咦？”

伊原顿时傻眼了。

我本以为里志是在开玩笑，但是他迟迟不说下文，我只好单刀直入了。

“里志，我们现在干吗要复习日本现代史啊？又不是没事干。你想玩的话，就麻烦先将眼前的问题解决掉。”

但是里志却一本正经地说道：

“我就是在解决眼前的问题啊。听好了，在千反田同学的假设中出现的那一类暴力行为，也就是高中生的校内暴力，在一九六〇年代几乎没发生过。这是理所当然的事情，那可是统治者和反体制者都不缺攻击对象的时期，何必没事找事在学校寻找发泄的途径呢？一点都不符合潮流啊。”

“……你说得好像自己亲眼所见一样呢。”

“我不是说过了吗？我正好在调查那个时期的事情。”

里志的笑容中带有比平时更加傲然的情绪。

唔。先不管现代史，我能理解里志想说的事情。也就是说，破坏文化祭这种事情并不符合三十三年前的理念。我没有办法（其实是没有意愿）去确认是真是假，不过里志除了开玩笑之外，说的话都是比较值得信赖的。

“唔，这样啊……确实，时代背景是一个很大的盲点……”

里志的突袭让千反田本人也产生了动摇。看来千反田的假设已经是风中残烛了。

这时，之前一直静坐在一旁的伊原突然合掌向千反田致歉。

“小千，对不起。”

“……你为什么突然向我道歉啊？”

“根据我搜集的资料，小千的假设是完全无法成立的。因为接下来是轮到我，所以我想尽可能留到报告的时候再讲……”

老实说，我觉得很不爽。伊原你这混蛋，害我白费唇舌了。

不过，千反田却是微微一笑。

“不会啦，讨论得深入一点是绝对不会白费的。”

真是令人佩服的姿态啊。

“那么，先把我的假设放到一边，来听伊原同学的报告吧。你们意下如何？”

大家都没有异议，果然让千反田打头阵是正确的选择。千反田很干脆地放弃了自己的假设，那么接下来的伊原想必也不会坚持认为自己的假设是正确无误的。对于慎重派的伊原来说，是没有什么负担的氛围吧。

“那么，伊原同学，麻烦你开始吧。”

伊原分发的资料，该怎么说呢……算是性质不同还是世界观不同呢？上面写着立足点明显不同的文章。从字体开始就大不相同，或许是采取了字体排印的方法吧，难以看清的文字密密麻麻地填满了纸面，几乎没有任何曲线。在B5纸上的大量文章里，有五行被画上了线。那就是我们要看的重点吧。

即吾等时常心系大众，故此坚决维持反官僚主义之自主权。绝不屈服于保守势力的蛮横暴行。

以去年的六月斗争为例，吾等在古籍研究社社长关谷纯的英勇指挥之下，敢作敢为，令威权主义之辈惊慌失措，其丑态让吾等至今记忆犹新。

“这是我翻找漫研以前的文集时找到的小册子。题目是《团结与礼炮 第一期》，不过第二期以后就都找不到了。发行年份和小千那本一样，都是在三十二年前。因为我心想既然《冰菓》上面有记载，那么说不定其他社团的文集上面也有相关记载的，所以就在图书室调查了一下，不过沿续三四十年的社团并不多。漫研在当时也根本不存在，不过我在书堆和书架的缝隙间偶然发现了这本小册子……很厉害吧？”

我不明白她说的厉害是指发现了这篇文章，还是指这篇文章本身。团结与礼炮……这也是因为时代的关系吗？真是奇怪的题目。还有这极具时代烙印的文体！相比起来，古典文学还要好懂多了。

同时，我也明白为什么千反田的假设被否定了。很简单的事情。神山高中文化祭是在十月举办的，而根据这份资料，事件是在六月发生的。原来如此，这确实是明确的否定。

伊原从制服的胸前口袋取出了类似大学笔记本的记事簿。

“不好意思，我没有像小千一样准备复印件，就提几个我注意到的地方吧。首先，‘吾等’受到了保守势力的镇压，上一年的六月发生了‘斗真’。关谷纯这个人是负责指挥的，在他的指挥之下，大家敢作敢为，威权主义者因此大伤脑筋。除此之外的部分虽然也都挺有趣的，不过和事件的关系并不大。”

我对她的解读没有异议，不过“斗真”是什么？我在脑内辞典进行检索，却找不到相应的单词。虽然我的词汇量本来就不大。

就在我烦恼着“斗真”到底是什么的时候，千反田仍继续主持会议。

“你的报告就这么多了吗？”

“嗯。”

“那么，我有问题。”我间不容发地发问，“‘斗真’是什么啊？”

里志也间不容发地向我问道：

“哪来的‘斗真’啊？”

这家伙完全是明知故问。我拿着那张《团结与礼炮》的资料，将那个地方指给他看。

“就是这个啊，‘斗争’。”

里志果然知道我在问什么，他看也不看我拿起的资料，很干脆地说道：

“那个是念‘TOUSOU’啦。战斗，纷争，所以是斗争。那个斗是简化汉字。”

但是，里志并不是在说给我听。尽管他的视线是对着我，不过如果他是在指出我的错误，那么应该会更煞有介事地发表长篇大论。我知道里志是拿我当幌子来指正伊原（注：原文中，“斗争”一词的“斗”字使用的是简化汉字的“斗”而非日文中通常使用的“鬪”，但即便是这样，依然应该读作“TOUSOU”，而伊原误读成了“TOSOU”，所以奉太郎反应不过来她是在说哪个词）。看似周到却又显得有些笨拙，这就是里志风格的体贴吧。我虽然没打算帮他，但还是坚持反抗了一下。

“我跟汉字怎么说也有十五年的交情了，从没见过这种简化汉字啊。”

“当然了，这也是当时的潮流。在三十年前左右，这种文风盛行的时候，‘斗’是很常见的简体字。现在偶尔也会看到啦，黑帮好像还在用的。”

原来如此，换成现在的潮流来说……就是世露死苦（注：发音同“请多指教”）之类的吧。这个例子太老了吧。不仅老，好像也有点不对。

然后，里志轻声追加了一句：

“……不过，这个文集。感觉像是假的。”

听到这句话，伊原做出了反应。她话中带刺地说道：

“假的？你这是什么意思？”

在她的追问下，里志撇了撇嘴，低声沉吟。平时总是自信到近乎嚣张的里志居然露出了烦恼的表情，这还真是罕见啊。

“不，我并不是说这个资料是赝品。”

“那当然了。而且，这种文集哪有什么真品赝品的啊。”

“我说的不是资料，唔，该怎么说呢。我的意思是，写这篇文章的人不是真正的革命分子。只是憧憬大学或写其他什么地方的学生运动，才写下了这样的文章——我是这样觉得的。总有一种编造的感觉……”

我询问道：

“那又怎么样啊？”

“没什么，就当是我的自言自语吧。抱歉，千反田同学，请继续。”

主持人点了点头，扫视了一下所有人。

“那么，还有其他问题吗？”

大家没有再提出疑问。终于到了发表假设的时候，只见伊原神情紧张，手忙脚乱地翻动着记事本。

“唔，那么我要开始说假设了。首先是否定小千的假设，这一点大家都明白了吧？”

大家的沉默是同意的证明吧。六月和十月隔得太远了。

“而写这篇文章的人们敢作敢为，让威权主义者惊慌失措。作为结果，就如同《冰菓》上面写的那样，古籍研究社的社长离去了。

“那么，把关谷纯逼到退学的‘实践’究竟是什么……这里我和小千的想法是一样的，最有可能的是暴力行为。如果时间没有那么久远的话，砸破教室窗户之类的事情并不罕见。不过阿福肯定会对这种说法挑三拣四的。我觉得那次‘实践’的受害者是……威权主义者，也就是保守势力。我也知道通常保守势力是指政府那方面的组织，于是接下来就简单了。古籍研究社社长率领人们将‘保守势力’……也就是老师们给这样了。”

伊原做出挥拳揍人的动作。

“他们动手了。我不确定他们究竟有没有揍人，但基本上类似的行为是跑不掉了。当然，他们并不是为了施暴而施暴。画线的第一段落说了一大堆废话，简而言之重点就在‘自主权’上面。三十三年前，因为某种情况，他们的自主权受到了损害，所以才引起了古籍研究社社长等一干人的反弹。”

伊原“啪”的一声合上记事本，环视了一下大家。

“唔……总觉得很纠结啊。”

本应贯彻主持人立场的千反田这样说道。我也点头表示同意。

“哪里纠结了？”

千反田回应了伊原的疑问：

“伊原同学的假设主要是说，校方损害了学生的利益，所以学生采取暴力行动进行反抗，是这样没错吧？”

伊原思考了一会，回答道：

“嗯，算是吧。”

“但是，这样一来的话，让人有些明白又不太明白啊。”

你说的话也让人似懂非懂啊，不过我能理解她想说什么。总而言之，就是缺乏了说服力吧。

我帮千反田补充道：

“你的假设太过抽象了，没办法从中读取更多的内容。”

“嗯，确实算不上具体……”

伊原承认自己假设中的缺点，但是并没有全面撤退。

“那么，我的假设里有什么矛盾的地方吗？”

看来伊原比千反田更想坚守自己的论点。

但是很遗憾，我发现了矛盾的地方。

“有的。”

我端正了坐姿。并非是承受不了反驳别人时的紧张感，而是脚有些发麻了。

“很简单。因为文化祭是十月份的事情，而骚动发生在六月，所以你否定了千反田的假设。如果以《冰菓》和《团结与礼炮》为依据的话，那么骚动是在六月，退学和文化祭都是在十月。千反田的论点里没有否定这部分的要素吧。那么这样一来，退学和骚动之间就相隔了四个月，如果是暴力行为造成的退学，那也未免太久了吧。”

如果有缓刑观察期的话则另当别论——我在心里补上了一句。

“可是啊……”伊原马上进行了反驳，她似乎也想到了，“我不是说《冰菓》是错误的，但是那上面只是写了‘已经过去了一年’而已。《团结与礼炮》上面则写明是六月。所以事件和退学都是发生在六月份，文化祭是在十月份。我觉得这样想也一点都不勉强吧？”

中间可是相差了四个月啊……总觉得这种牵强附会的说法不像是伊原的作风。

我还在犹豫该怎么回答，千反田和里志就已经给出了判断。

“我觉得那是无法忽视的数字。”

“我也这样认为。《冰菓》的序文先是提及又到了文化祭的时期，然后才说退学过去了一年，所以退学应该是在十月份才对。”

我默默地点头，含蓄地向两人表达谢意。

三对一。伊原撅起了嘴。

“唔，你们还真吹毛求疵。”

那个举止可爱得不像是伊原，我感觉到现场的紧张气氛因此得到了缓解。里志微微伸了个懒腰，懒洋洋地说道：

“不过，我觉得你的方向性很不错。”

千反田依然一本正经地维持着跪坐的姿势，也面露微笑表示了赞同。

“是啊，应该不需要推倒重来的。”

我也这么想。怎么说呢，这就如同坠入五里雾中，尽管浓雾还未散去，但至少已经找到了地图。就算是隔靴搔痒，起码也知道了痒的是脚。只通过《冰菓》和《团结与礼炮》这两份资料，伊原所得出的结论已经是极限了吧。接下来再通过里志和我的资料补充好细节就可以了，如果产生了致命的矛盾，那么到时候再重新来过就好。

说起来，我的资料是怎样的内容啊？我本来以为今天只是提交搜集到的资料而已，并没有仔细研读过。

“那么，我的报告可以结束了吧？”

伊原问道，千反田点了点头。

因为是按照顺时针的顺序，所以接下来是轮到里志。他在千反田的催促下将资料分发给大家。途中他突然停下了动作，然后非常轻描淡写地说道：

“啊，对了，我刚才忘记说了。我的资料会否定摩耶花的部分假设。”

里志分发的复印资料居然是壁报社的《神高月报》。说起来，远垣内说《神高月报》有将近四百期。按平均一年发行十期算，那么壁报社的历史大概有四十年，也就自然有三十三年前的旧刊啊。我竟然没注意到这一点……这份资料上有一处专栏被圈出来了。

资料的内容中只有一小部分是有用的，不过那部分内容明显否定了伊原的部分假设。里志还真好意思说“忘记说了”呢，他只是想要遵守报告的顺序吧……我瞄了一眼伊原，她的脸上露出了复杂的表情，看不出到底是愉快还是不愉快。对伊原来说，她对千反田做的事情被里志原封不动地还给了自己，心情复杂那也是理所当然的吧。那么里志的“忘记说了”说不定单纯只是效仿前例罢了。当然，那应该是基于开玩笑的心态。

▼上周在特别大楼发生的骚乱导致两人停学，五人被严重警告。神山高中文化社团引以为傲的品行受到了严重的损害。▼当然，俗

话说得好“恶人有恶理”，受到各方批评的影研所坚持的主张也并非全无道理。小编也不认为摄影社就是百分百正确的。▼错就错在他们用拳头来解决问题。不先试着努力沟通，只因为成见与偏见就随随便便动用了暴力，这实在是太丢脸、太不像话了。▼特别是影研的高三众人，他们甚至还殴打了过来劝架的幸村由希子同学（话剧社，一年D班），我希望他们能够好好反省。幸村同学现在仍要每天去医院就诊。▼前年那场传说般的运动完全没有使用暴力。即使整个学校的学生都怒不可遏，我们还是团结一致，直到最后都将非暴力不合作的精神贯彻到底。▼那是让我们引以为傲的事情，并且这样的精神是必须继承下去的。

里志从容不迫地开始了说明。

“我调查的是壁报社发行的《神高月报》的旧刊。我在图书室的书库里找到了沉眠的旧刊，放学后就看着这些来打发无聊。但是，里面并没有直接提到三十三年前那起事件的资料，间接提到的也就只有我现在给你们看的这么些而已。老实说，我相当失望啊。不过这也是没办法的事情，毕竟旧刊只保存下来一半左右，而且即使是保存下来的这一部分，也基本上被油性笔涂得模糊不清，保存状态非常糟糕。然后，我要说的重点是这几项——”

○事件中没有使用暴力
○事件影响了整个学校
○在事件中，“我们”很团结
○事件从头到底一直贯彻着非暴力不合作精神

“第一点和最后一点不算是前后呼应，不过指的是同样的事情。从中可以得知，在事件中没有使用暴力，因此摩耶花的假设就要进行一些轨道修正。中间的两点也算是同一件事情，唯一的推敲余地就是‘我们’指的是整个学校，还是单纯字面上的意思。不过不管是哪个，其实区别都不大。”

是这样……吗？

看到我一副无法释怀的样子，里志马上进行了补充。

“我之所以会这么说，是因为假定‘我们’等于整个学校的话，就表示所有学生都与事件有关。而不等于的话，‘我们’就是以整个学校为后盾参加了事件。差别并不大吧？”

原来如此，确实没错。

“我的报告到此为止。有什么问题的话就尽管问吧。”

大家都保持了沉默。过了一会，千反田保险起见重申了一遍：

“……有什么想要问的问题吗？”

对了，我突然想到一件事情，于是举起手来。

“里志，这个‘传说般的运动’确实是我们追查的事件吗？只靠这份资料并没法确定吧。”

我单纯只是想确认一下，不过里志却出乎意料地摇了摇头。

“不清楚啊，没有证据能够证明两者是同一起事件。”

“居然说不清楚，你这家伙……”

里志的语气很冷静，但是却有一种听之任之的感觉。里志知识渊博、情报丰富，但是在运用上却显得很不上心。对于他的这个倾向我是有一定了解的，不过没想到……

“那么，你的资料根本就不能算是资料啊。”

“果然是这样啊。”

“果然你个头。”

这时，伊原插嘴了。

“不过啊，旁证的话，那是有的哦。”

“嚯。”

“我们追查的事件也同样是闹得沸沸扬扬，至少有两个社团的文集提及到了。如果那起事件和这里提到的‘传说般的运动’不是同一事件的话，那么应该会提一下说有两起比较重大的事件，而这件才是传说般的运动才对吧？”

里志敲了一下手。

“对对，我就是想这么说。真不愧是摩耶花啊。”

不，你绝对没想到这点。先不管打蛇随棍上的里志，伊原的意见是有一定道理的。虽然还是没有确切的证据，不过我们本来就没打算找确切证据，所以也无所谓啦。而且千反田说过了，我们的目的是得出矛盾比较少的合理“推论”，更何况我可没兴趣把时间浪费在找证据上。我摆摆手表示接受了他们的说法。

没有其他提问了。

“那么，关于我的假设……”

里志说着，露出了苦笑。

“唔，假设啊。”

“怎么了？”

“千反田同学，我知道这样做会打乱会议的步调，但是很抱歉，我无法建立假设。虽然是我自己辛苦找来的资料，但是仅凭这点专栏报道是远远不够的……最多只能修正一下伊原的假设而已。而且……”

我知道里志的下一句台词是什么。你接下来会这样说，数据库是无法……

“数据库是无法得出结论的。”

最终，里志没有建立假设。这也是没办法的事情，反正我本来就没对这家伙抱有期待。

接下来轮到我了。伤脑筋啊，我现在不禁后悔自己为什么没有好好看一遍资料呢。我能建立起假设吗？会议根本不理会内心动摇的我，依旧在继续着。

“那么，折木同学，麻烦你开始吧。”

我点了点头，将资料分发给大家。我一边发，一边再次大致浏览了一遍。与事件相关的部分几乎和里志那份一样少，只是罗列了一些枯燥无味的事实。这就是我找到的资料。

昭和四十二年度（一九六七）

这一年的日本与世界

国民生产总值（GNP）突破四十五兆日元，在资本主义国家中名列第三。昭和四十三年超越西德成为第二名。

八月，松本深志高中的学生在攀登西穗高岳时遭遇落雷，十一人死亡。

这一年，早大斗争发起大规模罢课，以此为契机，学生运动更为激化了。

这一年的神山高中

○四月，英田助校长指出“本校不该定位为一个小地方的私塾。培育优秀的人才乃是教育的本分，今后中等教育的课题将是提高学生的素养，使得他们能够顺利地接受高等教育”，暗示了将要转变教育方针。

○六月三十日，放学后举行“文化祭讨论会”。

○七月，前往美国考察（万人桥阳老师）。

□十月十三～十七日，文化祭。

□十月三十日，运动会。

□十一月十五～十八日，二年级修学旅行。游览高松、宫岛、秋吉台三地。

○十二月二日，由于连续发生交通事故，于全校集会时呼吁全校师生多加注意。

○一月十二日，积雪导致体育仓库部分损毁。

□一月二十三、二十四日，一年级参加滑雪进修营。

“奉太郎，这莫非是……”

我板着脸回答道：

“没错，就是《神山高中五十年的轨迹》。我是想调查一下官方记录有没有相关的记载，结果正如你们所见……”

我回想着他们三人的发表方式，要效仿先例的话，首先应该从提炼重点开始吧。

……

这些内容根本提炼不出什么重点嘛。

我并不是抱着随便应付的心态拿来这些资料的。但是仔细看了一下，只有这些的话确实基本上派不上什么用场。

我烦恼着到底该怎么办才好，这时突然浮现出了一个念头：干脆就这样放弃算了。整件事情只不过是出于一名女生的请求，充其量只是高中的社团活动而已。我何必绞尽脑汁、烦恼伤神呢？“抱歉，这点资料根本不够。”我只要这么说，剩下的交给千反田和伊原去做就好了吧。这是最适合我的做法。

但是，这个选择未免有些过于灰色了吧。

我抬起头，说道：

“抱歉，在发表之前，我能借一下洗手间吗？”

千反田哑然失笑。

“嗯，当然可以。”

里志揶揄我说：“太紧张了吗？”我没有理会他。千反田起身为我带路，我在离开房间之前，若无其事地将会议上的所有资料都塞到了口袋里。

在大得出奇的厕所里，我开动脑筋思索着。

四张复印纸。四份资料。

还有刚才在会议上的讨论。

得出的推论是？三十三年前发生了什么？

我思考着……

然后得出了一个结论。

“不好意思，我以为今天只是递交资料而已，所以没有准备假设。我的报告就这么多了，可以进入最后的统整了吧？”

听到我这么提议，里志露出了不怀好意的笑容。

“奉太郎，你想到了什么吧。”

“不要读别人的心……嗯，姑且算是得出了大致的结论。”

“我……”

千反田轻声说道。

“我就觉得会是这样。如果说有人能够给出毫无矛盾又具有说服力的假设，那就一定是折木同学了。”

……

呃，你太看得起我了。

“请折木同学将你的想法告诉我吧。”

“是啊，说来听听。”

“根据以往的经验，很值得期待哦。”

一帮自说自话的家伙……我并不是觉得有压力，只是如此受人瞩目实在是让我难以开口。那么，要从哪里开始讲呢？我思考了一会，说道：

“我想想，就用五W一H（注：五W一H分析法是一种综合性的分析方法，它的5个英文疑问词的第一个字母是W，即Why、What、Where、When、Who，1个疑问词的第一个字母是H，即How）来说明好了。何时，何地，何人，为什么，如何，做了什么……是这样没错吧？”

千反田点了点头。

“好。那么，首先是‘何时’。三十三年前是已经确认了的，问题在于究竟是六月还是十月。《团结与礼炮》上说是六月，而《冰菓》上面的叙述解读出来应该是十月。在这里，我决定两者都采纳。也就是说事件是发生在六月，《学长的离去》是在十月。”

伊原不满地皱起眉头。这也难怪，我自己明明说过这样会产生矛盾。不过现在先不去管她，总之按照这个思路往下说。

“接下来是‘何地’。这无需多说，自然是在神山高中。然后是‘何人’。通过《团结与礼炮》，可以得知事件的主角是古籍研究社社长关谷纯。此外再补充一点，根据《神高月报》的记述，可以得知全校学生也在整起事件中占据了相当重要的位置。”

我一边时不时地检查资料，确认自己的说明有没有出错，一边继续着。到此为止没出什么差错，从现在开始才是重头戏。

“至于‘为什么’。既然全体学生都站起来了，那么对手自然就是教师阵营了。借用伊原的话来说，理由就是‘损害了自主权’，而事件的起因则是文化祭。”

听到我这么断定，大家都露出了疑惑的表情。这种事情对心脏真不好啊。

“……有哪份资料上面写了这样的事情吗？”

“虽然有在文化祭时期退学的记述，但是并没有任何地方提到事件本身与文化祭有关吧？”

我摇了摇头。

“不，有很大的关系。从结论来说，我的看法是由于发生了那起事件，才促使校方与学生们进行协商，最后使得十月份的文化祭得以顺利举行。”

里志目不转睛地看着《神山高中五十年的轨迹》，并且对我提出了异议。

“你是说这个‘文化祭讨论会’吗？但是，你凭什么断定这个是因为那起事件才设立的呢？虽然现在已经没有这个讨论会了，但是说不定在三十三年前是每年的例行公事呢。”

“不是的。你再仔细看看手上的《五十年的轨迹》吧。”

不仅是里志，千反田和伊原也对着复印件大眼瞪小眼。然后——

“句首的符号有圆圈和方块两种。”

“……我知道了！方块是每年的例行公事，圆圈是只在那一年发生的事情！”

“应该就是这样了。这个资料太不亲切了，完全没有相应的说明事项，不过对比其他年份之后，就能得出符号代表的含义，基本上是不会错了。”

我将手头的资料从《神山高中五十年的轨迹》换成了《冰菓》。

“那么，为什么只有在三十三年前举行了文化祭讨论会呢？因为学生方面有强烈的要求，那个要求甚至导致了事件的产生。那么学生们为什么要求举行讨论会？在《冰菓》中有相关的提示。”

我用圆珠笔将那个地方画了出来。

“就是这里。‘在这一年时间里，学长从英雄变成了传说。今年的文化祭也会盛大地举办整整五天’。不觉得有点奇怪吗？”

我等了一会，但是没人吭声，于是我继续往下说。

“文化祭是神山高中每年都会举办的活动，根本没必要特别写出来吧。所以，我认为这句话的重点不是‘举办了’，而是在‘整整五天’这里。”

“……我不明白你想表达什么。虽然我不觉得折木你所说的全部符合事实，不过就假定是这样吧，那又代表了什么？”

“代表了能够举办五天是英雄获得的战果。让我们回到《五十年的轨迹》那份资料上，四月份那一栏刊登了校长的发言。从字面上来看，就是重视学习成绩的宣言。接下来都是我的推测，就麻烦你们耐着性子听完吧。

“我们学校的文化祭是在平日举行，而且还长达五天。与其他学校相比，我们学校的文化祭时间明显要长很多。另外，文化祭同时也是我们学校社团活动的象征。如果校长要对学生宣扬学业比课余活动重要的话……那么缩小文化祭的规模应该是相当有效的做法吧。但是，学生们愤怒了。所以才会有‘整个学校的学生都怒不可遏’这样的记载。这就是事件的原因，‘为什么’。”

我突然感到口渴了。真想要一杯麦茶啊……不过还是先把该说的都说完吧。我吞了一口唾沫，继续往下说。

“再来是‘如何’。那就是‘在古籍研究社社长关谷纯的英勇指挥之下’施行了‘果敢的实践主义’。最后是‘做了什么’。学生们对学校的做法感到无比愤怒，不过他们采取了‘非暴力不合作’的方针，并没有使用暴力。然而事实上，学校后来举行了文化祭讨论会，文化祭还是整整五天，没有被缩短。这说明校方被施加了压力。因此，就算没有狭义上的暴力，广义上的暴力应该是无可避免的。非暴力的多人数抗议运动……接下来我就不好判断了，这方面里志要比我熟悉得多。绝食抗议、示威游行、罢课运动——我能想到的大概就是这些了。校方输给了学生们施加的压力，同意与他们进行协商，放弃了压缩文化祭的念头。但是作为代价，‘英雄’关谷纯才被迫退学了吧。”

我最后再补充道：

“至于为什么事件与退学的时间错开了，那是因为关谷纯在六月的时候是运动的中心人物。如果开除他的话，会导致骚动更加不可收拾，所以才将退学的时期延后了吧。等到学生们的热情消退，也就是文化祭之后。”

说明完毕后，我轻轻地吐了一口气。感觉夏日的暑期突然降临到了这个房间。

这样基本上解释得差不多了吧。

响起了有气无力的鼓掌声，是里志在拍手。

“呀，实在是精彩啊，奉太郎。嗯，原来如此啊。”

伊原默不作声地开始收拾资料。她看起来似乎是在生气，不过她平时就是这样一副面孔，所以也不好判断。

至于千反田——

这位大小姐兴奋得就像是看完马戏表演的小孩子一样，滔滔不绝地快速说道：

“好厉害！你真是太厉害了，折木同学！仅凭这么一点资料就能解读出这么多内容……我一开始拜托折木同学果然是正确的选择！”

就算是我，被人夸奖也是很开心的。我清楚地感觉到自己露出了羞涩的笑容。

看来千反田的问题解决了，文集也有着落了。自从在四月底认识千反田以来遇到的种种麻烦事，也终于可以告一段落了吧。

作为主持人的千反田还是要走一遍会议的流程。

“大家，有什么问题要问吗？”

没有人提问。千反田重重地点了点头，开始进行最后的收尾工作。

“那么，今年的文集就以折木同学刚才所说的内容作为主轴来进行制作，详细内容我们日后再讨论。今天可以解散了……大家辛苦了。”

我们不约而同地行了一礼。

临走时，千反田将我送到了玄关。从千反田的笑容可以看出，她对今天的成果很满意。

“真的非常感谢你。”

千反田对我深深地鞠了一躬。

“又不是我一个人的功劳。”

我说完便穿上了鞋子。早一步出去的里志在催促着我，这个时候我可没办法无视他，因为我不擅长认路，回去的时候还要靠他带路呢。

“那么我们走了，学校见。”

“嗯，再见……”

我轻轻地挥了挥手，离开了千反田家。

我既然走了，当然不会知道千反田之后的情况。

在我走了之后，站在玄关前面的千反田突然像是想起了什么似的，呆呆地喃喃自语。这些我都无从得知。

千反田嘟囔道：

“不过……如果是这样的话，我当时为什么会哭呢？”

七

历史长河中的古籍研究社之真实

论战结束时已近黄昏。夏日的田园染成了一片橙色，里志一边优哉游哉地踩着踏板，一边用难以听清的微弱音量说道：

“老实说，我真的很吃惊啊，奉太郎。你的推论确实很惊人。如果你说的没错，那么我们的KANYA祭之所以能存活下来，至少是以一个人的高中生活为代价啊。不过更让我吃惊的是，奉太郎你居然会主动跳出来进行解读。”

“你在怀疑我的能力吗？”

我半开玩笑地回应道。然而，里志却罕见地没有笑。

“自从入读神高以来，奉太郎你解开了好几个谜团。比如说第一次见到千反田同学的时候，还有无爱的最爱之书那次，全都是奉太郎解开的。我听说你还摆了壁报社的社长一道呢，不是吗？”

“都是碰巧而已。”

“结果怎样都好，问题在于灰色的奉太郎做了解谜这种麻烦的事情。你为什么会这么做？理由不言而喻，是为了千反田同学吧？”

我歪着脑袋，努力回想是否确实如此。

“为了千反田”——这个说法有些不当之处。换成“都是千反田害的”那我就能接受了。里志以前说过非常贴切的话，那就是没人使唤我的话，我是不会行动的。尽管不是以最直接的形式，不过我确实是在千反田的使唤下解决了那些麻烦事。但是……

“但是，今天不一样。”

没错，今天不一样。

“奉太郎，你如果想推卸的话，应该不难做到吧。今天，解谜的责任平摊到我们四个人身上了。奉太郎你只要两手一摊，表示自己不知道，就不需要将麻烦事承接下来了，大家也不会责怪你的。然而，你却把自己关到厕所里拼命地找出了答案。这到底是为什么呢？”

太阳快要西沉，微风吹在身上，让人感到格外清凉。我将视线从里志身上移开，望向前方。

“是为了千反田同学吗？”

里志会有这种疑问那也是情有可原。因为正常情况下，我是不会主动去解开谜题的。今天的我相当积极啊。

唔……怎么说才好呢？

我大致知道自己为什么会那么做。这与千反田几乎没有什么关系。但是，让别人理解自己的想法那可不是一件容易的事情，必须将自己大脑里的概念精炼成语言传达出去才行。即使对方是心灵感应能力者里志，也照样需要这么做。

不，正因为对方是我多年来的老朋友里志，所以才不好解释。毕竟我今天的行动和动机都与我以往的作风大相径庭。

当然，我并没有义务非要做出解释不可。不管我怎么想怎么做，都和里志没有关系吧。不过我想要回答里志，也想整理一下自己的思绪。在沉默了一会之后，我字斟句酌地开口说道：

“……因为我有点厌倦灰色了。”

“啥？”

“千反田这个人在能量效率上实在是糟糕透了。作为社长，她准备制作文集;作为学生，她在考试中考了高分;作为一个人，她在追逐着自己的回忆。真亏她居然不会累啊。你也是，伊原也是。你们的做法都太繁琐，不够简洁。”

“嗯，可能是吧。”

“但是啊，俗话说得好，‘国外的月亮看起来比较圆’嘛。”

讲到这里，我稍微停顿了一下。总觉得还有更好的说法，不过就是想不起来。无可奈何之下，我只好继续往下说了。

“看着你们，我有时候会静不下心来。我想要过平静的生活，但是我并不认为那样的生活很有趣。”

“……”

“所以至少，怎么说呢……利用推理加入你们的阵营，用你们的做法来试试看。”

我闭上嘴后，只能听到踏着踏板的声响和风声，里志什么话也没说。里志尽管说起话来滔滔不绝，不过也懂得静默不语，我很欣赏他的这一点。但是，我现在希望他能说些什么。我只是为自己的心血来潮硬找了个理由来解释而已，所以不希望他沉默以对。

“你说些什么吧。”

我笑着催促了他一下。

里志依旧是不见微笑，不过总算是开口了。

“奉太郎你……”

“嗯？”

“奉太郎你很羡慕玫瑰色吗？”

我不假思索地回答道：

“可能吧。”

我在自己房间里，仰望着雪白的天花板。

我回味着里志说过的话。

我也喜欢有趣的事情，也觉得闲扯淡或者赶流行并不坏。在古籍研究社被千反田耍得团团转，也不失为一种打发无聊的好方法。

但是，如果能够彻底投入到无法视为玩笑的事情里，让我不在乎花费多少时间与精力……那么应该会变得更加快乐吧？因为这代表那件事情拥有令我不惜浪费能量也要去完成的价值，不是吗？

就像千反田想要找回过去那样。

或者是，像我描绘出的“英雄”关谷纯在三十三年前死守KANYA祭一样。

我的视线没有对准哪里，而是毫无目的地徘徊着。每次想到这种事情，我就会静不下心来。我仰望着白色的天花板，接着翻过身看向地板，无意间瞥见被我扔在地上的老姐的来信。

我的视线被信中的一句话强烈地吸引住了。

“十年后，我一定不会后悔有过这样一段日子。”

十年后。对于区区凡人的我来说，那是一片模糊的未来。我那个时候是二十五岁。二十五岁的我回首十年前的我，会怎么想呢？

有过什么想要完成的事情吗？关谷纯在二十五岁的时候，是否觉得十五岁的那些时光毫无遗憾呢？

我……

电话突然响了。

废话，电话当然不会先打招呼再响啊。我说的是心理上的突然，没料到有人会在这个时候打电话过来。意识一下子被拉回到了现实之中，焦躁也一口气消退了。我慢吞吞地爬下床，下楼接电话。

"……喂，这里是折木家。"

"咦，奉太郎？"

我顿时绷直了脊梁。话筒里传来了熟悉的声音，那是扰乱我的生活模式，为我带来天翻地覆大麻烦的声音。这通电话是折木供惠打过来的，是我那个到遥远的西亚去流浪，被摩萨德（注：以色列情报及特殊使命局，被誉为世界最有效率的情报机构之一）还是其他什么组织通缉而躲进日本领事馆的老姐。可能因为是国际电话的关系，话筒里的声音有些模糊不清，不过不会错的。

对于这个久违的声音，我首先发表了自己最直接的感想。

"你还活着啊。"

"真没礼貌。你以为一两个强盗能杀死我吗？"

她果然遭遇了这类事情哦。我完全不惊讶。

老姐讲话的速度变快了，估计是舍不得电话费吧。

"我昨天刚到普里什蒂纳，就是南斯拉夫啦。资金和健康状态都没有问题，计划在顺利消化中。等到了萨拉热窝我会再写信回去的。我的行程比较松散，大概是两周后吧。报告完毕！那么，换你了，怎么样，发生什么事情了吗？”

老姐好像很开心的样子。和平时一样啊。她是个易怒、爱哭、动不动就大喜大悲的情绪不安定者，不过基本上总是很开心的。

我用指尖弹了一下话筒线，说道：

“没什么。极东战线没有异状。”

“这样啊，那么……”

老姐准备挂电话了。要挂就挂吧，我怀着这样暧昧的心情继续说道：

“我们要制作文集,《冰菓》……”

“……咦，什么？”

“我们调查了关谷纯的事情。”

老姐的语速依然很快。

“关谷纯？真是令人怀念的名字啊。嚯，现在还有人记得啊。那么,KANYA祭还是禁语吗？” 我没能理解她这句话的意思。

“……你说什么？”

“那是一场悲剧，太恶劣了。”

禁语？悲剧？恶劣？

怎么回事？老姐到底在说什么啊？

“等一下，我是在说关谷纯啊。”

“我知道呀，就是‘善良的英雄’对吧。我才想问你呢，你真的了解情况吗？”

完全不得要领的对话。明明是在讲同一件事情，却无法互相沟通。

我领悟到其中的原因了。是我搞错了。我在千反田家进行的分析是错误的，或者说是不够周全。但是，我并不焦急。老姐似乎知道神山高中三十三年前到底发生了什么。

“老姐，麻烦告诉我关谷纯的事情。”

我自认为口气是相当严肃的。

然而，她的回答却非常简单明了。

“我没空！再见！”

咔嚓，嘟嘟嘟……

我将话筒拿离耳边，像个白痴一样傻傻地盯着看。

“……”

……这个……

“混账老姐！”

我狠狠地将话筒摔了过去，电话机摇晃了几下落到地上，发出了一声巨响。我的焦躁翻倍了，这全都要怪老姐那个混蛋。

老姐说的话我记得不是很清楚。她说话的速度太快，我根本就来不及确认。只不过，老姐对那起事件抱持否定态度这一点鲜明地留在了我的大脑里。

我回到房间跳上床，将古籍研究社社员们各自搜集的资料从包里倒出来。《冰菓》《团结与礼炮》《神高月报》《神山高中五十年的轨迹》……而老姐从伊斯坦布尔寄过来的信仍旧躺在地板上。我这次带着不同的心情重新看了一遍刚才那句话。

“十年后，我一定不会后悔有过这样一段日子。”

十年后啊。三十三年前担任社长的关谷纯如果现在还活着的话，差不多快五十岁了吧。如果他还活着，会对自己的高中生活感到遗憾吗？

我本来认为他是毫无遗憾的。“英雄”关谷纯为自己和伙伴们的热情殉道，放弃本可以继续的高中生活，他是不可能对自己的果断感到后悔的。在千反田家推断出他的决意后，我的内心就一直是这样认为的。

但是，事实真是如此吗？

仅仅因为一个文化祭，就被学校驱赶，改变了人生的局面。说到高中生活就会想到玫瑰色，但是色泽浓烈到会中断高中生活的玫瑰色，仍旧可以称之为玫瑰色吗？

我心中的灰色部分说着：那是不可能的啦。为了伙伴而殉道，拯救了一切？这种英雄怎么可能会存在啊——这样的想法在我的大脑中油然升起。而且，即使不去管我脑内的抵触情绪，老姐确确实实将那起事件称为悲剧。

再研究一次看看吧。将这叠资料里的事情全部调查清楚。

然后，找出真正的答案。三十三年前，关谷纯真的是玫瑰色的吗？

隔天，我穿着便服去了学校。在确认了几件事情之后，我打电话给千反田、伊原还有里志。我之所以要找他们，原因很简单——我对他们三个这样说道：

“关于昨天的那件事，我需要做一些补充。这次一定能够彻底解决掉吧。我在地学教室等你们。”

三人到齐了。伊原出言奚落我说，干吗又把已经解决了的事情给翻出来。里志脸上带着微笑，不过对于我这个毫无先例的行为，他还是难掩惊讶之情。而千反田则是一看到我就马上开口说道：

“折木同学，关于这件事情，似乎还存在着我必须要弄清楚的部分。”

我也是同样的想法。我点了点头，把手放到了千反田的肩膀上。

“没问题。今天基本上都能补充完毕，你先等一下吧。”

“到底是怎么一回事，折木？补充是指什么啊？”

“补充就是补充。为了让不完整的东西变完整而进行的后续工作。”

说到这里，我取出一张复印纸。那是《冰菓 第二期》的序文。

“不完整是指折木你昨天说的推论吗？哪里出错了吗？”

“不知道。可能是搞错方向了，也可能是不够深入。”

“不知道？那你干吗把我们叫出来？”

“你就先听听看吧。”

我并没有将取出来的复印纸展示给千反田他们看，而是供自己浏览。

“……我们应该更加重视《冰菓》上面的内容才对。这里明明写得很清楚了，关谷纯的故事并不是什么英雄事迹。”

这是昨天里志已经解决过的议题。不出所料，里志果然开口质疑：

“这个部分昨天不是说过了吗？”

“嗯，是的。但是存在着误导的可能性。”

“你要是这么说的话，那就没完没了了吧……”

“还有‘纷争、牺牲，还有学长的那个微笑’这段内容。这个‘牺牲’确定是念‘GISEI’吗？也可以念作‘IKENIE’哦。”

伊原皱起了眉头。

“IKENIE的话，字不一样吧。以供字开头的那个。”

她说的是供品。不等我解释，千反田就进行了援护。

“不，写作‘牺牲’也能念成‘供品（IKENIE）’，两者本来是一个东西。”

真不愧是优等生，一点就通。哪像我，还专门去查了辞典。

听到这里，里志叹了口气说道：

“……我明白有另一种读法了。但是，这有什么好说的呢？究竟怎样念才是正确的，这种事情只有书写者本人才知道吧？”

里志说的没错。昨天的念法从语文的角度来看并不算错。本来语言就不像数学那样具有唯一性，所以一个词有多种解读是常有的事情。我现在只是指出了另一种可能性而已。

但是，我有办法确认到底哪个才是正确答案。所以里志这番话可谓是正中我的下怀，我对他赞许地点了点头。

“没错，只要去问书写者本人就好了。”

"……问谁？"

"就是写这篇序文的本人呀。郡山养子女士，三十三年前她是高一学生，现在应该四十八九岁了吧。"

千反田瞪大了双眼。

"你专门去找了那个人吗？"

我平静地摇了摇头。

"不需要找，因为她就在我们的身边。"

伊原猛然抬起头来，果然是她第一个想到。

"啊！是这样吗！"

"没错。"

"什么没错啊？"

"到底是怎么回事？"

伊原的视线朝我飘来，我轻轻点头示意她把答案说出来。

"……是图书室的管理员糸鱼川老师吧？糸鱼川养子老师，她的旧姓是郡山，是这样没错吧？"

伊原是图书委员。她接触到糸鱼川老师全名的机会比较多，所以我认为她能够第一个想到。

"没错。比方说，我们就算听到'IBARA SATOSHI'（注：伊原里志的日文读音）这个名字，也不会认为里志入赘到伊原家了。但是如果SATOSHI的汉字是写作'里志'的话，那就是另外一回事了。而念成'YOUKO'写作'养子'的情况更是少见，所以难怪我们一开始并没有注意到。另外，糸鱼川老师的年龄也完全符合哦。"

伊原双手交叉在胸前沉吟一声，抱怨道：

“折木你这个人果然很怪。就连距离老师那么近的我都没有发现，真亏你能想得到。说真的，你要不要剖开脑袋让小千看看啊？”

我之前也说过了，灵光这种东西是很看运气的。如果因为运气很好就要被千反田解剖的话，那我可受不了啊。

至于千反田则是脸颊渐渐泛红。

“那，那么只要询问糸鱼川老师的话……”

“就能知道三十三年前的事情。为什么不是英雄事迹，为什么是那样的封面，为什么是‘冰菓’这个奇妙的名字……还有你舅舅的事情，她应该都会告诉我们吧。”

“可是，你有证据证明真的是糸鱼川老师吗？这么多人跑过去找她，万一搞错了的话，那会很尴尬的啊。”

我可是算无遗策的。我看了一下手表，啊呀，都这个时间了哦。

“其实我事先确认过了，她二年级的时候担任了古籍研究社的社长。我已经跟老师约好让她跟我们聊聊了。好了，时间快到了。我们到图书室去吧。”

我转身要走，伊原揶揄的声音从后方传来。

“你真有干劲啊。”

还好啦。

为了不让强烈的阳光损伤书本，图书室在暑假期间是将所有百叶窗都放下来的。尽管是暑假，冷气一点都不凉的室内却挤满了来准备KANYA祭的学生和复习功课迎接高考的高三学生。我们要找的糸鱼川老师坐在柜台里面。她戴着眼镜（上次见到她的时候并没有戴），身体略微向前倾，趴在柜台上正在写着什么。身材娇小的她体形纤细，脸上有若干皱纹，感觉得出高中毕业后的三十一年时光。

“糸鱼川老师。”

糸鱼川老师听到声音才发现我们的到来。她缓缓地抬起头，对我们微微一笑。

“哦，是古籍研究社的同学啊。”

然后，她环视了一下拥挤的图书室。

“人很多啊，我们到管理员办公室去吧。”

于是，她带我们走进柜台后方的管理员办公室。

管理员办公室是图书室管理员的专用房间，小巧而整洁。里面的冷气和图书室一样不怎么凉。糸鱼川老师神态自若地拉下百叶窗，让我们坐到会客沙发上。我闻到一股香味，仔细一看，发现房间唯一的办公桌上摆着花束。那是又小又不起眼的花，如果不是闻到香味的话，我恐怕也不会注意到吧。估计那些花并不是摆给客人看，而是供老师自己欣赏的。

会客沙发相当大，不过还是坐不下四个人。“不好意思，你们谁委屈一下吧。”糸鱼川老师从房间的角落拿出了折叠椅。不知为何，折叠椅自然而然就分配给了我，其他三人坐到了沙发上。糸鱼川老师坐在自己的旋转椅上，手肘靠着办公桌，将身体朝向了我们。

“听说你们有事情要问我啊？”

老师气定神闲地开口问道。这是面向古籍研究社全体的问题，不过在接下来要开始的对话中，古籍研究社的代表那当然就是我了。处于这种不习惯的立场，我真想跷起二郎腿、盘起双手来掩饰自己的尴尬，不过考虑到礼貌，我只好作罢。

“是的，我们有事情想请教您。在此之前，我想在大家面前再次确认一下，糸鱼川老师你的旧姓是郡山吧？”

老师点了点头。

“那么，这篇文章是您写的吧。”

我从口袋里拿出那张复印件，递给了她。糸鱼川老师接过去浏览了一下，然后微微一笑。那是柔和的笑容。

“嗯，是的。不过真是吃了一惊啊，没想到这东西还留着呀。”

接着，她似乎微微垂下了视线。

“我大概知道你们想问什么了。在古籍研究社的学生询问我旧姓的时候，我就基本上猜到了……你们是想知道三十三年前的那场运动吧。”

Bingo，她果然知道那件事情。

但是，糸鱼川老师的态度与充满期待的我们截然不同，她轻轻地叹了口气。

“不过，你们为什么会想知道那么久远的事情？我还以为早就被大家遗忘了呢。”

“这个嘛，如果这位千反田不是会在意奇妙事情的好奇心猛兽的话，我们也不会接触到这件事情吧。”

“猛兽？”

“不好意思，应该是饿鬼才对。”

糸鱼川老师和里志笑了，伊原板起了面孔。而千反田则是小声地进行抗议，但我没有理会她。糸鱼川老师微笑着向千反田问道：

“你为什么会对那场运动产生兴趣呢？”

我看到千反田用力握紧了放在大腿上的拳头。应该是感到很紧张吧，她简短地回答道：

“因为关谷纯是我的舅舅。”

糸鱼川老师惊呼一声：

“这样啊。关谷纯……真是怀念的名字啊。他现在好吗？”

“不知道。他在印度失去了行踪。”

糸鱼川老师又轻呼了一声，不过她看起来很平静，并没有产生动摇。或许人活到五十岁，无论听到什么都能不为所动吧。

“这样啊。有机会的话，我本来还想再和他见一面呢。”

“我也很想见到他，哪怕只有一面也好。”

关谷纯拥有让人很想见上他一面的魅力吗？如果是的话，我也很想见见他啊。

千反田百感交集地缓缓说道：

“糸鱼川老师，请告诉我。三十三年前到底发生了什么？舅舅的事件为什么不是英雄事迹呢？为什么古籍研究社的文集被命名为‘冰菓’呢？……折木同学的推测究竟有多少是对的呢？”

“推测？” 糸鱼川老师问我，“那是什么啊？”

里志开口了。

“老师，折木通过支离破碎的资料，将得到的线索串联在一起，推测出在三十三年前发生了什么事情。你听这家伙说一下吧。”

看来我必须要重复一遍昨天说过的话。当然，我本来就做好了这方面的准备，不过将推测说给当事人听，还是需要一点勇气的。我并非对自己的想法没有自信，而且就算我说了不着边际的话，那也没什么。毕竟只是推测而已，出错是很正常的事情。我舔了舔嘴唇，和昨天一样以五W一H的方式展开了推论。

“首先是事件的主角……”

“……因此，退学时间才会延迟到十月份。完毕。”

因为已经说过一次了吧，我这次叙述的条理非常分明，连我自己都大感惊讶。而且我没有引用资料，没用多久就讲完了。

在我说话的时候，糸鱼川老师始终沉默不语。一听我讲完，她就马上向伊原问道：

“伊原同学，你们找到的资料带过来了吗？”

“呃，我没有。”

“我带着呢。”

里志从束口袋拿出折叠好的全部复印件，递给了糸鱼川老师。糸鱼川老师大致浏览了一下那些资料，然后抬起了头。

“你们只靠这么一点资料，就建立起了刚才所说的推论？”

千反田点了点头。

“是的，全是折木同学推导出来的。”

这说法有不妥之处。

“我只是将大家的推论综合到一起罢了。”

“不管怎样……”

糸鱼川老师吐了一口气，她将复印件往桌上随手一扔，跷起了腿。

“真是让我说不出话来了。”

“错得很离谱吗？”

对于伊原的提问，糸鱼川老师摇头表示了否定。

“就好像亲眼所见一样。折木同学说的事情基本符合事实。仿佛过去的自己被别人看透了一样，令人感到毛骨悚然。”

我呼了一口气。

我的确感到一阵安心，到目前为止都在我的预料之中。

“既然都了解得这么清楚了，那么你们还有什么要问我的？如果只是想要对答案的话，我完全可以给你们及格的分数。”

“我也不清楚，但是奉太郎说还有不完整的地方。”

没错，还不够完整。

我询问了我最想知道的事情。那是包含了“关谷纯是否为了玫瑰色的高中生活而牺牲”这个意思的提问，具体来说就是：

“我想问的事情就是，关谷纯是自愿成为全体学生的挡箭牌的吗？”

听到这句话，糸鱼川老师始终沉稳的表情一下子冻结住了。在我看来是这样的。

“……”

糸鱼川老师目不转睛地看着我。

我在等待。千反田、伊原、里志三人恐怕并未理解这个提问带有怎样的意义，不过他们也陪我等待着……沉默并没有持续多久。糸鱼川老师像是在自言自语一般，有些怨恨地说道：

“真的是被你看透了啊……要回答这个问题，还是必须要将那一年发生的事情重新理一遍才行。已经是很久以前的事情了，但我至今仍旧记忆犹新。”

然后，曾经的郡山养子开始讲述了——关于三十三年前的那场“六月斗争”。

“我们学校现在的文化祭虽然和其他学校相比依旧热闹非凡，但是对于我这个老人来说，根本就无法与过去相提并论。说到那个时候的神高文化祭，那可是大家的生活目标啊。破除旧习、迎接新时代的风潮席卷了整个日本，在神山高中的体现形式便是文化祭。那个时候的大家实在是精力充沛啊。

“在我入学前不久，文化祭甚至像暴动一样夸张。大家过于兴奋，都无法控制自己的情绪了吧。尽管如此，和后来的校园暴力相比，我认为还是要井然有序多了。不过在当时的老师看来，那想必是非常碍眼吧。”

糸鱼川老师缅怀的那段时光在我看来已经是日本现代史范畴的事情了。整个日本精力充沛、充满能量的那个时代，无论是我还是与我生于同一时代的人，恐怕都很难想象出当时的情景吧。

“那一年的四月份，当时的校长在教师会议上制定了一个目标。对了，这里也有写到——‘本校不该定位为一个小地方的私塾’。现在看来，英田校长说不定是个很有远见的人，不过在当时，英田的发言只是表面文章，真正的目的是要搞垮文化祭。

“文化祭的日程公开后，马上引发了学生们的大骚动。因为比惯例的五天少了三天，仅剩下两天，而且平日举行改成了周末举行。其实，精简一下的话，两天时间也足够了，但是大家不甘心一直期待的庆典被泼冷水，所以内心非常不满。

“在那之后，学校里充满了紧张的气氛，大家都有一种山雨欲来风满楼的感觉。

“首先是谩骂校方的大字报，然后是演讲会。说是演讲会，其实就是站到台上畅所欲言。不过大家当时都很激动，上台讲话的人基本上都会得到喝彩。到后来，这场运动愈演愈烈，甚至所有文艺类社团都表明站在统一战线上。

“然而，校方明明知道会遭到反抗，却还是执意要缩短文化祭，这说明他们是下了很大的决心的。既然要有组织地进行反抗运动，那么就必须有接受处罚的觉悟才行。大家嘴上尽管是豪情万丈，实际上却都是一些软脚虾，没有人自愿担任社团联盟的领袖。”

糸鱼川老师说到这里，挺起腰杆换了个姿势。椅子发出嘎吱嘎吱的声响。

“当时抽到下下签的人就是你的舅舅关谷纯了。实际的指导者另有其人，但是那个人是绝对不会公开现身的。

“活动越来越激烈，最后学园祭的缩水计划胎死腹中了。这里也有写到，和往年一样如常举办了。”

老师以不带感情的平淡语气叙述着，我从中感受到了三十三年的岁月。运动的热情、互相推让领袖位置的怯懦之情，这些都已经成为了古籍的一页吗？

“但是，我们做得太过火了。”糸鱼川老师继续说道，“当时，我们不仅集体罢课，还聚集到操场上齐声高喊。在运动最高潮的时候，甚至还点燃了篝火来鼓舞士气。事情就是那天晚上发生的。

“武术道场发生了火灾，不知道是因为篝火不小心蔓延过去了，还是有人蓄意纵火。火很快就被扑灭了，但是老旧的武术道场被消防车强力的水柱冲得半毁。”

千反田和伊原的表情僵住了，我可能也是一样吧。仅仅是听到转述，都能了解到那是多么严重的情况。尽管并非有意为之，但是损坏学校的公共设施这种行为是不可能不了了之的。

“那件事情无论如何都没办法正当化，是绝对不容忽视的犯罪行为。幸好，校方也不希望事态进一步扩大，所以没有让警察介入。但是等到文化祭结束后，校方秋后算账的时候，就没有人能够对此进行反抗了……其实说到底，大家根本就没考虑过文化祭结束后的事情吧。

“火灾的起因最终还是没有查明，作为杀鸡儆猴的对象，运动名义上的领袖关谷学长就被揪了出来。

“那个时候，做出退学处分比现在容易多了。关谷学长直到最后都非常沉着冷静。你刚才问我的问题是，他是不是自愿成为挡箭牌的对吧？”

我似乎看到糸鱼川老师对我露出了微笑。

“答案已经显而易见了吧。”

结束了漫长的一席话，糸鱼川老师站起身来，拿起热水瓶往咖啡杯里倒开水，然后一饮而尽。

我们全都沉默不语，或许是根本说不出话来。只有千反田的嘴唇在微微抖动着，可能是在说“好过分”“好残忍”之类的三个字，不过我不敢肯定。

“我说完了，还有什么要问的吗？”

糸鱼川老师坐回到旋转椅上，用不变的语调问道。对于糸鱼川老师来说，这果然只是过去的事情而已。

过了一会，伊原开口了。

“那么，这张封面是讽刺了当时的情况吧……”

糸鱼川老师默默地点了点头。

我回想起《冰菓》的封面——那幅狗与兔互相攻击的图。众多兔子围在旁边，远远地望着它们。狗是校方，兔子是学生。与狗同归于尽的兔子就是关谷纯吧。

刚才听老师说话时，我想到了一件事情，于是发问了：

“神高所有的建筑物里，只有武术道场特别老旧。是因为武术道场在当时重建过吗？”

千反田四月的时候很在意为什么只有武术道场特别老旧。不过那个时候我并没有把这件事放在心上。

“是的。公立学校的建筑物如果没有超过规定的使用年限，是不会重建的。十年左右前校舍整体翻新的时候，只有武术道场还没有超过使用年限。”

接着，里志一本正经地问道：

“那个，老师。您好像不用‘KANYA祭’这个说法呢。”

我以为这个问题完全是离题万里，没想到糸鱼川老师却微微一笑说道：

“你应该已经知道其中的原因了吧？”

“是的。”

KANYA祭？

对哦,KANYA祭。老姐在电话里说过，在古籍研究社里这个词是禁语。至于为什么会是禁语，我这个时候终于反应过来了。

“关谷纯并不是自愿成为了英雄。所以，老师您才不会用KANYA祭这个词吧。”

“阿福，到底是怎么回事？”

里志的脸上和平时一样带着微笑，但是那个笑容里不含有一丝一毫的喜悦之情，一点都不像是里志会有的。

“KANYA祭的KANYA写成汉字并不是‘神山’，而是关卡的‘关’和山谷的‘谷’。我前阵子终于查到了，大家一定是为了赞颂英雄才取了‘关谷祭’这个别名吧，但是知道内情的人自然不会用这个名字来称呼神山高中的文化祭。”（注：日文中，“关谷”既可以训读读作“SEKITANI”，也可以音读读作“KANYA”。）

……这时，千反田询问道：

“老师，您知道我舅舅为什么要将文集命名为‘冰菓’吗？”

糸鱼川老师听到这个问题却摇了摇头。

“关谷学长预感到自己会被退学后，很罕见地强烈坚持要用这个名字作为文集的标题。他说自己只能做到这么多了。但是很抱歉，老师我并不明白其中的意义。”

……不明白？

真的不明白吗？糸鱼川老师和千反田都不明白？难道伊原和里志也是？

我平素不喜欢发火，因为那只会让自己很累。但是在这个时候，我感到莫名的烦躁。居然没有人接收到关谷纯留下的信息吗？应当接收到这个无聊信息的我们却没有接收到，我对此感到非常光火。

我不由自主地脱口而出：

“你们都不明白吗？刚才那些事情都听到哪里去了啊？意义不是很清楚的吗？就是无聊的双关语啊。”

“奉太郎？”

“关谷纯想将自己的想法传达给我们这些古籍研究社的后辈，

所以才给文集取了这样的名字。千反田，你英语很好吧？”

“咦，那个，英语吗？”

“嗯，这是个暗号。不，只是文字游戏而已吧……”

我看了一下糸鱼川老师，她并没有表现出什么特别的反应。搞不好，她其实早就发觉了其中的意义。理所当然应该注意到，既然如此，那她为什么不告诉我们呢？我不清楚具体的原因是什么，只是隐约察觉到以糸鱼川老师的立场，或许不方便公然说出来吧。或者说，这也是古籍研究社的传统吗？

“你知道了吗，折木同学！”

“我真是受不了折木你了，脑子到底怎么长的啊。你真的知道了？”

“奉太郎，快告诉我嘛。”

我是第几次被这帮人逼问了？我每次都是一边叹气一边说出了自己的答案。不过唯有这次，我第一次庆幸自己能够最先闪现灵光。因为我不需要别人讲解，就能理解关谷纯的遗憾与风趣。

我开口说道：

“‘冰菓’是什么？”

千反田回答道：

“是古籍研究社文集的名字。”

“从一般名词的角度去想。”

里志回答道：

“是冰激凌吧。Ice Candy。”

“用Ice Cream这个词来想。”

伊原问道：

“Ice Cream？这就是他留下来的信息？”

“断开来念啦。”

啊啊，真是的。为什么我总是要做这种事情啊？我都有些习惯这样一问一答的模式了。

“Ice Cream并没有什么意义。但是，我刚才说了是文字游戏吧。”

我沉默了一会，这时里志的表情终于有了变化。说是脸色铁青那稍微有些夸张，不过他确实是大惊失色吧。接着，伊原也极为厌恶地嘟囔道：“哦，我懂了。”

最后就只能千反田了，不过她可能想不出来吧。千反田成绩很优秀，而且我听说她很擅长英语。但是我也知道，她对于这方面的活用是很没辙的。吊别人胃口可不符合我的兴趣。

我拿起圆珠笔，在《冰菓 第二期》序文复印件的背面写了起来。

“你舅舅留下的话语就是这个。”

我将那张纸递给了百思不得其解的千反田。

千反田接过去后，一瞬间瞪大了双眼。她轻轻地“啊”了一声，接着一直沉默地注视着那行文字。

大家的视线都聚集到千反田的身上。

千反田的眼睛湿润了。我知道，这表示千反田历时好几个月的委托终于完成了。

“……我想起来了。”

千反田喃喃自语。

“我想起来了。我问了舅舅‘冰菓’是什么意思，然后，舅舅告诉我，让我要变得坚强。

“如果我一直很软弱的话，总有一天连惨叫都无法发出的。那样一来，就会活得像……”

她的眼睛看向了我。

“折木同学，我想起来了。我害怕活得像具行尸走肉一样，所以才会号啕大哭……太好了，这样我总算能够安心地送别舅舅了……”

她浮现出了微笑。千反田像是才刚发现自己的眼睛湿润了一般，用手背擦拭泪水。这时，她手上那张复印件的背面正好朝向了我，上面留着我拙劣的字迹——

I scream。

八 前途光明的古籍研究社之日常

我从地学教室的窗户仰望着秋高气爽的晴空，暑假里发生的那些事情恍若隔世。自从得知关谷纯的遗憾，了解到“冰菓”的真正意义后，我们就正式着手制作文集了。

而且文化祭明明已经迫在眉睫，文集却还没有完成。

我正在给老姐写不知多久没写过的信，旁边则在上演一副地狱般的景象。

“阿福，还没好吗？已经过了跟印刷厂约好的时间啊！”

伊原的叫喊声近乎于惨叫。里志负责的页面还没有完成，总是从容不迫的他在这个时候也不免有些慌了手脚。

“再稍微等一下，再稍微等一下。马上就好。”

“你从一星期前就在这样说了吧！”

编纂文集的总负责人当然是身为社长的千反田，不过页面的分配和联络印刷厂等实际操作则交给有相关经验的伊原负责。多亏了伊原铁面无私的时间表，“冰菓”的制作才能有条不紊地顺利进展下来。我还没有看过伊原自己写的原稿，听说是描述了她对某部漫画古典名作的感想。她好像提到了“寺”“μ”“numbers”，大概是和求签有关的漫画吧。**(注：此处指的是竹宫惠子的科幻漫画《奔向地球》，因为作品中是用“terra”来称呼地球，而日语里寺的发音是“tera”，所以奉太郎才会产生这样的误会。)**

然而，尽管处于伊原的鞭策之下，里志却仍旧没能按时按成自己的原稿。据他自己所说，内容似乎是与芝诺悖论有关的笑话。还真是相当随性的主题，不过从“冰菓”以往的旧刊看来，古籍研究社的文集似乎是“包罗万象”的。相比之下，“古典悖论”这个主题勉强还是能和古籍扯上关系的，算是比较正经了吧。考虑到里志身兼手工艺社和总务委员会的工作，所以分配给他的页数是相当少的。尽管如此，里志仍旧是苦不堪言。看来他相当不擅长写文章啊，真没想到他还有这么个弱点。

里志抽搐地笑着面对稿纸，伊原在他身后不停地走来走去，并且时不时地看着手表。过了一会，她像是突然想起来一样，向我问道：

“话说，小千哪去了啊？我想找她商量关于费用的事情。”

里志张嘴想要说些什么，但是却被伊原狠狠地瞪了一眼，于是又慌慌张张地缩回去写稿子了。真没办法，我只好停下笔来告诉她：

“千反田去上坟了。”

“上坟？”

“关谷纯的。她说想尽早将那份稿子供在舅舅的灵前。”

那份稿子就是我们对三十三年前那起事件的追踪与总结，是我在千反田的协助下完成的。我不喜欢进行不必要的修饰，所以稿子颇为枯燥无味，是篇走散文路线的文章。

“这样啊。”

伊原愣愣地轻声嘟囔道：

“小千说了什么吗？”

“不，什么也没说。”

我没有说谎。无论是关谷纯葬礼的那一天，还是我将稿子交给她的时候，甚至是拿着稿子去上坟的今天，千反田的情绪都没有任何波动。也许别人会以为她是在刻意隐藏自己的感情，但是我并不这么认为。那一天，解开“冰菓”含义的那一天，千反田的事件就已经解决了。接下来就要看她自己要怎么解释，怎么去接受了。而这些事情与我无关。

“嚯……阿福，你的手停下来了。还剩五分钟，你快点搞定啊！”

“五分钟！摩耶花，这也太残忍了吧！”

我对重新开始的闹剧冷眼旁观，思考着。其实说起来，那并不是一起只属于千反田的事件。伊原和里志也一定受到了一些冲击，并得出了自己的答案。

那么我自己又是如何呢？

……我将信件草草收尾，抓起了斜挎包。秋高气爽的日子真容易让人犯困啊。虽然有些对不住悬崖边上的里志和伊原，不过我决定还是回家去好了。

就在这个瞬间。

地学教室的门被打开，一个人影冲了进来。那是我们社团的社长——千反田。她头也不抬，一副气喘吁吁的样子，看来是一路跑过来的吧。突然的大驾光临，让我、里志还有伊原都惊讶得说不出话来。千反田的肩膀上下起伏，喘了好一阵子才抬起头来。

“咦，千反田同学？我听说你上坟去了呀。”

听到里志的提问，她轻轻点头回答道：

“嗯。不过，我有件非常在意的事情，所以就跑回来了。”

有在意的事情？

我产生了不祥的预感。不，这不是预感，而是日积月累的经验在预言接下来的发展。千反田被汗水打湿的乌黑长发显得闪闪发亮，微微发烫的脸颊呈现出樱花色，那双大眼睛也生机勃勃地迸射出灿烂的光芒。这是她好奇心爆发的征兆。

“小千，你在意的事情是什么啊？”

不要问，不要问。我悄悄地绕到千反田身后，打算偷偷摸摸地溜出地学教室。

但是不出所料，我一下子就被逮住了。我很清楚，不可能从大小姐的眼皮子底下逃脱的。我的手臂被她抓住，人也被拉了过去。

“折木同学，我们走吧。是去弓道场，现在还来得及。”

“干什么啊，为什么要去哪里？”

尽管明知只会是徒劳无功，但我还是竭尽所能进行抗议。

然而，千反田却以为我的反应是让她解释一下具体情况。她摇了摇头表示：

“与其听我讲，你还不如自己去看一下吧。”

彻底没救了。千反田一旦进入这种状态，我只有奉陪到底才有办法尽可能地节省自己的能量。 我回头一看，里志正对我露出笑容，伊原则是耸了耸肩膀。我只好死心塌地地说道：

“知道了，走吧。简单来说，就是一如既往的情况吧。”

千反田停下脚步，转过头来。然后她那双大眼睛笔直地注视着我，微微地咧开了嘴角。

“嗯，是的……我很好奇。”

九

寄往萨拉热窝的信

冰菓
The niece of time

折木供惠小姐：

展信佳。

我有事想问老姐你，所以就写信了。希望你还住在上次那间旅馆里。

老姐，你对古籍研究社的事情知道多少？

你当初是出于怎样的考虑才叫我加入古籍研究社的呢？

老姐你应该知道我喜欢怎样的作风吧，但是我自从进入高中之后，就被里志还有老姐你不认识的一些人围绕着，看到他们与我完全相反的行事风格，我总觉得浑身不对劲，坐也不是站也不是。如果没有加入古籍研究社的话，我就不会体会到这种感觉。只要将无所属一直贯彻到底，我就不会对自己的个人信条产生疑问吧。

老姐，你预料到了我会遭遇这种冲击吗？

还有“冰菓”。

我遵照你从贝拿勒斯寄来的那封信上面的建议，加入了古籍研究社。按照伊斯坦布尔寄来的那封信上面的指示，打开了生物准备室的药品柜。但是事情并未就此结束，因为打开了药品柜，害我不得不去追查三十三年前关谷纯的事件。

简而言之，关谷纯的事件是三十三年前精力充沛的学生们过于积极的作风所导致的。如果是因为那样的作风而产生了“冰菓”这个标题，那么玫瑰色这种说法实在是值得斟酌吧。事实上，自从知道了那起事件的真相之后，我不再觉得坐立不安了。虽然我并不认为自己的作风很好，不过应该也不坏吧。

老姐，你该不会早料到我……

这怎么可能。

真是恶劣的玩笑。如果真是这样的话，那就是精神操控了啊。不可能有那种事情的。

请不要太在意。我这里写的内容你就当做是普通的近况报告吧，我也懒得重新写一遍。

祝你旅途愉快。

谢谢你的建议。

容我就此草草搁笔。

折木 奉太郎

后记

冰菓

The niece of time

初次见面。大家好，我是米泽穗信。

这本小说有六成左右纯属虚构，但是剩余部分是根据史实进行加工的。潜藏在这个故事背后的是一些连报纸的地方版块都不会刊登的小事件。

顺便一提，分辨虚构部分与史实部分的窍门是——越是煞有其事的内容就越有可能是虚构的，而像是刻意安排的内容其实是史实，基本上这样就八九不离十了。但是，如果有人觉得这本小说里基于事实的部分也相当合情合理的话，那么我要怎么解释两者的区别才好呢?到目前为止，我仍未想到什么好主意。

在将真实事件写成小说的过程中，我从通货紧缩螺旋的示意图得到了重要的构思。此外，NHK教育频道的节目《女巫塞布丽娜》也让我受益不少，特在此记上一笔。

本书多亏了多方人士的大力协助，才得以出版。特别是在紧要关头给了我重要提示的山口和中井。对我说很喜欢这本小说并且觉得很有趣的斋藤。经常在等我的多田。不厌其烦地与我讨论那些自以为是主张的秋山。

我在此郑重地向他们道谢。谢谢你们，油甘鱼最肥美的季节快要到了，我到时候好好请你们大吃一顿吧。

然后。

感谢赐予这本小说一个机会的诸位评审、责编S、接下插画绘制工作的上杉老师（初版发行时），以及所有相关人士。

《冰菓》能够像这样正式成书，全都仰仗各位的关注。我在此致以深深的谢意。

话说，我前几天和朋友一起去吃寿司了。在享受完与价钱相符的美味之后，我坐上车子准备回家。但是不知为何，负责开车的朋友却迟迟不肯发动。

由于正值用餐时间，不断有车子开进停车场来。我们赖在这里不走是会给别人添麻烦的，但是不管我怎么催促，朋友依旧是面带暧昧的笑容，就是不肯将车开出去。

我那个朋友并不是喜欢恶作剧的性格，平时是个非常踏实稳重的人，唯独那一天，真不知道他到底是怎么了。

事情的真相请容我留待下次再说。希望还会有下次。

那么，今后也请大家多多关照了。

米泽 穗信

（注：文中提及的均为本书日文版的情况。）

揭露旧书与其主人之间的秘密——

美女店主身受重伤，起因竟是一本旧书?!

◎著者：（日）三上延　◎绘者：（日）越岛羽空

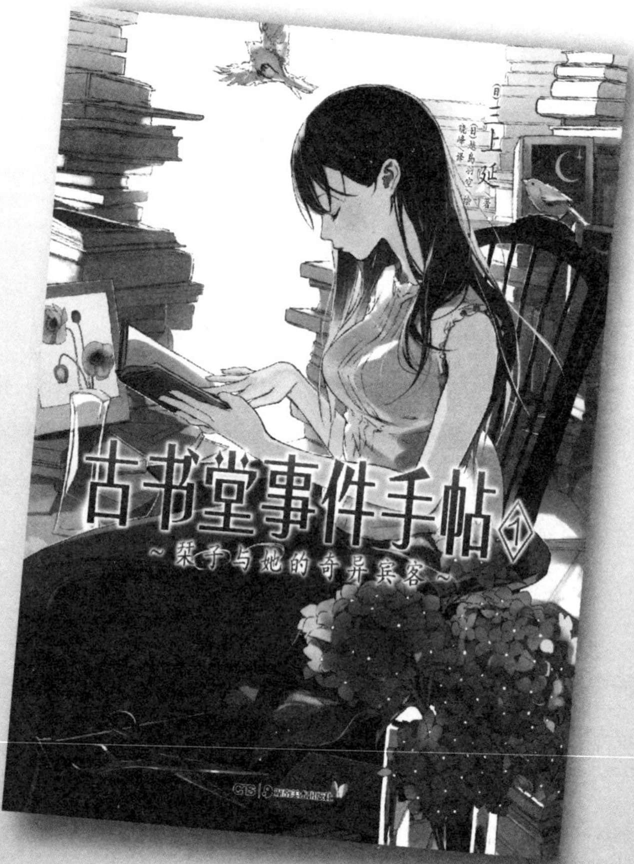

古书堂事件手帖 1 待续

在镰仓街道的一角，坐落着一间默默经营旧书买卖的“文现里亚古书堂”旧书店。这家店的主人是一位年轻貌美女子。与待人冷淡的态度相反，她对书籍持有异常的热情，并拥有非比寻常的旧书知识。不论是什么样的谜团，只要是与旧书有关的事，她都能解开。这便是一本讲述“旧书与秘密”的故事。

定价：27.00元

◎著者：（日）松冈圭祐

推理小说大师松冈圭祐的人气力作——
天然呆少女如何成长为改变日本的鉴定士？

万能鉴定士Q的事件簿 1 待续

不断侵蚀东京23区，令人悚然的“力士贴纸”，是谁，为何而贴？年轻周刊杂志记者小笠原，与拥有猫一般锐利魅惑双眸的美女邂逅。凛田莉子，23岁，她是能瞬间识破万物价值、真伪以及真相的“万能鉴定士”。曾经是令人难以置信的天然呆兼差生，莉子在何时何地获得了广博的专业知识和观察眼力呢？

定价：26.00元

次郎要和昂私奔啦？

阳光！沙滩！泳装！祭典！温泉旅馆！

◎著者：（日）朝野始　◎绘者：（日）菊池政治

迷茫管家与懦弱的我 4

“——一起私奔吧。”暑假，在灼热的艳阳下，男装管家（本体是少女）近卫昴如此邀约我——给我等一等！没给我吐槽的机会，我当场就失去了意识。然后等我再次醒来的时候，眼前竟是身着浴衣的昴的主人——大小姐奏。有海边之旅有温泉有庙会的学园管家爱情喜剧第四弹绚丽登场！

定价：21.00元

TIANWEN KADOKAWA

Light Novels

新人作家挑战人气作家秋山忍!!
激烈之生死执笔战拉开序幕！

◎著者：（日）更伊俊介
◎绘者：（日）锅岛哲弘

狗与剪刀的正确用法 1~3 待续

某一天，在我和夏野出门回来后，发现房间里居然多了一本书！是谁偷偷放进来的吗？为什么要放进来，又是怎么放进来的?!其实夏野还有一个身份，那就是人气作家秋山忍。就算有一两个跟踪狂那也不足为奇……但是在调查中，出现了一位文风与秋山忍非常相似的新人作家?!大人气无厘头喜剧第三弹！

定价：各22.00~25.00元

Light Novels

TIANWEN KADOKAWA

另一个妹妹角色出现?!

秋子的妹妹立场受到了严重威胁！

◎著者：（日）铃木大辅　◎绘者：（日）闰月戈

我与亲爱哥哥的日常 1~5 待续

“……欸嘿。请您多多指教，秋人哥哥。”鹰之宫亚里沙，我们宿舍的新管理员，而且还是我的未婚妻。瞬间引起了一番骚动，尤其是我那有着极度恋兄情结的妹妹秋子……不过也难怪，因为妹妹的地位眼看就要被抢走了。唉，这两个妹妹型的角色，究竟会引发怎样的骚动呢——

定价：各20.00元

TIANWEN KADOKAWA

Light Novels

『大岭醍哉是你的敌人！』

面对好友，星野一辉能否挥下屠刀？

◎著者：（日）御影瑛路

◎绘者：（日）铁雄

虚空之盒与零之麻理亚 1~3 待续

大岭醍哉突然不来学校了，没有人知道他的行踪——直到他再次出现，星野一辉发现这位好友不仅得到了“盒子”，更是启动“盒子”制造了一个匪夷所思的游戏。被迫卷入这个游戏的各位校园风云人物，他们的命运将何去何从呢？

定价：各22.00~24.00元

图书在版编目（CIP）数据

冰菓 / (日) 米泽穗信著 ; 方宁译. — 长沙 : 湖南美术出版社, 2013.6（2023.3重印）
ISBN 978-7-5356-6219-4

Ⅰ. ①冰… Ⅱ. ①米… ②方… Ⅲ. ①长篇小说—日本—现代 Ⅳ. ①I313.45

中国版本图书馆CIP数据核字(2013)第086343号

本书为引进版图书，为最大限度保留原作特色、尊重原作者写作习惯，故本书酌情保留了部分外来词汇。特此说明。

冰菓

TK 广州天闻角川动漫有限公司 Guangzhou Tianwen Kadokawa Animation & Comics Co.,Ltd. 出品

著　者　（日）米泽穗信
译　者　方宁
出　版　湖南美术出版社
地　址　长沙市东二环一段622号
经　销　全国新华书店
出 版 人　李小山
出 品 人　刘烜伟

责任编辑　谢爱友 曹汝珉
美术编辑　罗毅俊
制版印刷　凸版艺彩（东莞）印刷有限公司
开　本　890mm × 1240mm 1/32
印　张　6.5
版　次　2013年6月第1版
印　次　2023年3月第6次印刷
书　号　ISBN 978-7-5356-6219-4
定　价　35.00元

本书如有印装质量问题，请与广州天闻角川动漫有限公司联系调换。
联系地址：中国广州市黄埔大道中309号羊城创意产业园 3-07C
电话：（020）38031253　传真：（020）38031252　官方网站：http://www.gztwkadokawa.com/
广州天闻角川动漫有限公司常年法律顾问：北京市盈科（广州）律师事务所